BANA SIRTINI DÖNME

Sinan Akyüz

ALFA®

2041 | ALFA | ROMAN | 41

Bana Sırtını Dönme

SİNAN AKYÜZ

1972'de Iğdır'da dünyaya geldi. Gazeteci, fotoğraf sanatçısı ve köşe yazarı da olan Akyüz çok satan romanlarıyla tanınmaktadır.

Yayınevimizden çıkan diğer kitapları da şunlardır:
Bana Sırtını Dönme (cep boyu da basılmıştır.)
Etekli İktidar
Yatağımdaki Yabancı (cep boyu da basılmıştır.)
Sevmek Zorunda Değilsin Beni (cep boyu da basılmıştır.)
İki Kişilik Yalnızlık (cep boyu da basılmıştır.)
Aşk Meclisi
İncir Kuşları (cep boyu da basılmıştır.)
Şahika&Feraye
Piruze, Şam'da Bir Türk Gelin (cep boyu da basılmıştır.)
Piruze ve Oğulları

akyuzsin1@gmail.com
@AkyuzSinan
Sinan Akyüz(Yazar)

Yayıncı ve Genel Yayın Yönetmeni M. Faruk Bayrak
Genel Müdür Vedat Bayrak
Yayın Yönetmeni Mustafa Küpüşoğlu
Kapak Tasarımı Gökhan Burhan

ISBN 978-605-106-167-2
1. Basım (cep boy): Kasım 2009
6. Basım: Mart 2014

Baskı ve Cilt
Melisa Matbaacılık
Çiftehavuzlar Yolu Acar Sanayi Sitesi No: 8 Bayrampaşa-İstanbul
Tel: (212) 674 97 23 Faks: (212) 674 97 29
Sertifika No: 12088

Alfa Basım Yayım Dağıtım San. ve Tic. Ltd. Şti.
Alemdar Mahallesi Ticarethane Sokak No: 15 34410 Fatih-İstanbul
Tel: (212) 511 53 03 Faks: (212) 519 33 00
www.alfakitap.com - info@alfakitap.com
Sertifika No: 10905

TEŞEKKÜR

Bu kitabı beni yazın dünyasıyla tanıştıran, yazma hususunda yüreklendiren ve kadınlar konusunda tecrübelerini benimle paylaşan, sevgili dostum üstat Hayrullah Mahmud'a ithaf ediyorum.

BİRİNCİ İTİRAF

BANA SIRTINI DÖNME

Otuz yılımı kadın psikolojisini incelemeye ayırmama rağmen, hâlâ şu büyük sorunun cevabını bulamadım: 'Kadınlar gerçekten ne istiyorlar?'

Sigmund Freud

Bana sımsıkı sarıl
Bana sımsıkı sarıl!
Öyle sarıl ki, yüreklerimiz birbirine değsin!
Öyle sarıl ki, yalnızlığımı unutayım!
Bana sımsıkı sarıl!
Öyle sarıl ki, beni sevdiğini anlayayım.
Öyle sarıl ki, dokunmanın şahikasına tırmanayım!
Çok yalnızım!
Bu yalnızlık, bu korku, bu endişe
ancak sen bana sarılırsan yok olacak!

Yoksa...
Yoksa, karanlıkta kaybolan bir kuş gibi, bedenlerimiz
yan yanayken dahi ben çok uzaklarda olacağım.
Bana dokunma!
Sarıl!
Sımsıkı sarıl!..
Öyle bir sarıl ki, beni, bizi yok edecek bir çılgınlıktan
kendimi alıkoyayım!
Ne olur anla beni!
Dokunmana değil, sımsıkı sarılmana ihtiyacım var!
Yalnızım!
Üşüyorum!
Bir yorgan gibi üzerime uzan...
Belki söyleyemiyorum.
Ama sen anla.
Vücudumu oku.
Orada yazıyor:
Ne olur bana sarıl!
Haykırıyorum:
Sarılmazsan eğer, bilmelisin ki, sonumuz olacak!
Bedenim, bedenlerimiz soğuyacak!
Ne olur bana sarıl!
Hem de sımsıkı sarıl!

HM

KIYAFETİN GİZDİR SENİN

İliklerime dek sarsılmıştım.

Gecenin yalnızlığı içinde yatakta bir o yana bir bu yana dönüp duruyordum. Kadınları, hayatımın, bedenimin, beynimin içinden akıp giden kadınları düşünüyordum.

Yaşadığım hiçbir acı, en son tanıştığım kadının yaşadığı ve eşine yaşattığı kadar büyük değildi.

Kendimi bu yüzden şanslı hissediyordum.

Seda'yı dinlerken bir anda kendimi alacakaranlık kuşağının içine saplanmış halde buldum. Hem de boğazıma dek...

Hani uyurken üstünüze karabasan çöker de sesiniz çıkmaz ya, işte öyle bir şey...

Yatakta bir o yana bir bu yana dönerken, Seda'nın anlattıkları bir film şeridi gibi gözlerimin önünden akıp geçiyordu.

Uyumak imkânsızdı!..

KETUMİYET

Pek çoğumuzun yaptığı gibi ben de kendimi 'mükemmel erkek' kategorisinde bir numaraya oturtmuştum.

Seks de dahil her şeyde benden daha mükemmelinin olamayacağını düşünüyordum. Seviştiğim kadınların çoğunun aslında rol yaptığını yıllar sonra anladığımda, kendime acıyarak gülümsemiştim.

Yaşadığım ilişkilerle ilgili tek bir sorunum vardı: karşımdakinin ne düşündüğünü bilmemek.

Bilememek...

Bugün bildiğimi söylesem yine aptallık etmiş olurum. Artık en azından cehaletimi koluma takıp yürümemeyi öğrenmiş bulunuyorum.

Bunca yıldır yaşadığım deneyimlerin sonucu meğerse kadınları anlamak değilmiş, her birinin sonunda vardığım nokta yaşadığım ilişkilerin beni hayrete düşürmesiymiş.

Kısa bir süre ilişki yaşadığım bir hanım arkadaşım da bunlardan biriydi.

Her sevişmemizden sonra hemen yataktan kalkıp banyoya gidiyor ve prezervatifi çıkartıyordum.

Tekrar yanına döndüğümde onu sırtını dönmüş ağlarken bulunca neler olduğunu anlayamamıştım. Her defasında benden oral seks istediği ve benim onun bu isteğine cevap vermediğim için ağladığını düşünmüştüm.

"Canım, niçin ağlıyorsun?" dediğimde hıçkırıklarının arasından yabancı olduğum bir ses haykırıyordu:

"Hiç. Yok bir şey."

Aldığım bu cevap elbette beni tatmin etmiyor, hiçbir sorunu çözmüyordu.

Her seferinde aynı tepki ve cevapla karşılaşınca sonunda kendimden bazı tavizler vererek oral seks yapmaya başladım. Bu, arkadaşımın çok hoşuna gitmişti. Onu hiç böyle mutlu görmemiştim.

Kendime kızdım. Onu bugüne kadar sevdiği şeyden alıkoyduğum için.

Her oral seksten sonra, farkına varmadığım

yeni bir alışkanlık edinmiştim. Dişlerimi fırçalıyordum.

Kız arkadaşım bir gün bana, "Niçin hep oral seksten sonra dişlerini fırçalıyorsun? Kendimi çok kötü hissediyorum," dediğinde, aptal aptal yüzüne baktım. Mantıklı bir açıklama yapamadım.

Sadece, "Öyle mi yapıyorum?" diye sordum şaşkın şaşkın.

Her ne kadar aptallığım yüzüme vurulmuş olsa da rahatsızlığını benimle paylaşması, açık açık bana söylemesi hoşuma gitmişti. Beni uyarmakla ilişkimizi kurtardığını düşünmüştüm ve o günden sonra dişlerimi fırçalamayı bıraktım.

Ancak o hâlâ seviştikten sonra sırtını dönüp ağlamaktan vazgeçmemişti. Bir erkek olarak onu üzdüğümü, tatmin edemediğimi düşünerek kendimi çok kötü hissediyordum.

Giderek kendimi bir tecavüzcü gibi görmeye başlamıştım. Bir yerde bir hata yapıyordum ancak benimle konuşmadığı için hatamın ne olduğunu bilemiyordum.

Onu ağlatan sebep neydi? İlişkimiz bitene kadar bu sorunun yanıtını bulamadım.

Ta ki Seda'yla konuşana kadar...

Seda'nın anlattıklarını dinledikten sonra beynimde bir ışık yandı. Sonunda yanıtı kendi kendime bulabilmiştim.

O günden sonra şunu öğrendim:

"Kadınlar dalgalara benzer. Ne zaman yükselip ne zaman alçalacaklarını kimse bilemez."

SIR PERDESİ ARALANIRKEN

Doğanın yeniden canlanmaya başladığı günlerdi.

Kışın soğuk ve gri maskesi artık düşmüş, baharın cıvıl cıvıl renkleri yüzümüze yansımaya başlamıştı.

Maçka Parkı'nın içindeki kafede oturuyordum. Hava çok güzeldi. Hani insanın içine yaşama sevincinin dolduğu günler vardır ya, ben de öyle bir ânımdaydım.

Kahvemi yudumlarken karşı masada oturan genç bir kadın dikkatimi çekti. Onun da bana doğru baktığını görünce başımla selam verdim. Karşılık olarak sıcacık gülümsedi.

İzin isteyip hemen yanında boş duran sandalyeye oturdum.

Koyu bir sohbete daldık ve kısa süre sonra aramızda sıcak bir elektrik oluştu. Masadan kalkarken tekrar görüşmek üzere birbirimize telefon numaralarımızı verdik.

Dayanamadım ve birkaç gün sonra ilk arayan ben oldum.

Seda'nın sesi telefonda çok heyecanlı geliyordu.

Kısa bir konuşmadan sonra buluşmaya karar verdik. Ertesi gün için tekrar aynı yerde buluşmak üzere sözleştik.

Seda'da beni kendine çeken bir gizem vardı. Bakışları nedense beni çok etkilemiş, hatta kışkırtmıştı. O bakışların arkasında, sanki büyük sırlar gizliydi ve ben bu sırları çözmeye can atıyordum. Onun da bana karşı ilgisi olduğu açıktı.

Ben böyle düşünürken Seda'nın ağzından dökülen sözcüklerle şoke oldum:

"Lütfen benden seninle yatmamı bekleme!"

O anda ne söyleyeceğimi şaşırmıştım. Bir anda büyü bozulmuştu sanki, her şey sıradanlaşmıştı.

"Senin durduğun yerden bakınca bir seks budalası gibi mi görünüyorum? Eğer öyleyse bil ki çok yanılıyorsun!"

Bu kez panikledi, kem küm ederek özür dilemeye çalıştı ve yanlış anlaşıldığını söyledi.

"Önemli değil," dedim. "Çok fazla üsteleme. Söylediklerini ben unuttum. Sen de unut gitsin."

Yüzüme şaşkın şaşkın bakarken iç dünyasında kopan fırtınaların sesi kulaklarımda uğulduyordu.

Kahvelerimizi içip bitirdik. Başını omzuma yasladı ve dakikalarca belli bir noktaya bakıp durdu. Kendi kendisiyle hesaplaştığını düşündüm.

Asla ama asla sevgili olamayacağımızı çok iyi anlamıştım. Zaten onun da şimdilik böyle bir beklentisi yoktu.

Sanki yaşanan zamanın bir yerinde kaybolmuş gibiydi!.. Bir şeyler arıyordu.

O gün suskun geçen birkaç saatin ardından, yeniden buluşmak üzere kafeden ayrıldık.

Seda'nın içine kapanık hali ve suskunluğu beni daha da heyecanlandırmış, giz perdesinin ardındakinin ne olduğunu merak etmeme neden olmuştu.

O gece yalnızca Seda'yı düşündüm. Onun gizemli yaşamını iyice merak etmeye başlamıştım.

Sevgili olmak için çıktığım yolda, kendimi bir anda gizemli bir evin bahçe kapısının önünde buluvermiştim. Tek isteğim, bahçesinin önüne dek geldiğim bu evin kapısından içeri girmekti.

Bu isteğim bir süre sonra gerçekleşti...

Artık onunla sık sık buluşuyor, iki sıkı dost olarak uzun ve derin sohbetler ediyorduk.

Yıllar sonra Seda giz perdesini araladı.

DUDAKLARIN BAĞI ÇÖZÜLÜRKEN

Seda da birçok kadın gibi ketum olmasının bedelini ödeyen kadınlardan biriydi. Derdini birlikte olduğu erkeğe onun anlayacağı kelimelerle anlatmamıştı. Belki de anlatamamamıştı.

Kimbilir?!

Böyle yapmak yerine, bulmacayı karşısındakinin çözmesini beklemişti.

Seda'nın yaşamındaki en büyük kırılma bu noktada başlamıştı. Çünkü ortada çözülmesi gereken bir bulmaca olduğunun farkında olmayan bir eş vardı.

Oysa...

Seda, sabit bir noktaya gözlerini dikmiş, transa geçmiş bir ruh hali içinde anlatıyordu:

"İlk yıllar Kemal'le çok mutlu giden bir evliliğimiz vardı. Kendimi çoğu zaman birçok kadına göre şanslı hissediyordum. Evliliğimizin üçüncü yılından sonra çocuk sahibi olmaya karar vermiştik. Şimdi on iki yaşında olan oğlum Burak doğdu. Burak'ın doğumundan sonra Kemal ile birbirimize daha sıkı bağlandık. Kemal, mimardı. Bense bir şirkette yöneticilik yapıyordum. Anlayacağın maddi açıdan hiçbir sıkıntımız yoktu. Kendimi aileme ve işime adamıştım."

Sonra derin bir iç çekip anlatmaya devam etti:

"Kemal'in de tek düşüncesi bizdik. Bana ve oğluna son derece bağlıydı. Gerçekten şanslı bir kadındım. Böylesine mutlu bir hayat yaşarken, yıllar sonra birden kendimi mutsuz hissetmeye başladım. Neler olduğunu anlayamadım ama kafam karmakarışıktı. Ne istediğimi bilmiyordum artık. Evliliğimi ve Kemal'i sorgulamaya başlamıştım. Kemal'de eksik olan bir şeyler vardı. Ama bunu bir türlü bulamıyordum. Bir şeyin açlığını çekiyordum ama neyin?

"Bu düşünceleri yıllarca kendi iç dünyamda hapsetmeye çalıştım. Artık benim için sonu gelmez bir süreç başlamıştı. Ne yapmam gerektiği konusunda hiçbir şey bilmiyordum. Birkaç kez çözüm olarak boşanmayı bile düşündüm ama boşanmak için de geçerli bir neden bulamadım.

"Kemal'e bu ruh halimi yansıtmamaya çalıştım. Ama daha sonra gizliden gizliye bir arayışın içine girdiğimi fark ettim. Kafamdaki sorulara yanıt arıyordum. Sonunda evliliğime karşı ilgimin azaldığını gördüm. Bulduğum yanıt kendimi bile şoke etmişti. Aylarca kafa patlattım. Ama dönüp dolaşıp aynı sonuca varıyordum."

Derin bir iç çekip, "Evet. Kemal benim en duygusal ânımda yanımda olmamıştı. Beni hep tek başıma bırakıp, arkasını dönüp gitmişti," dedi.

Dayanamayıp araya girdim: "Kemal, seni bırakıp nereye gitti?"

"Banyoya..."

"Nereye?!"

"Banyoya."

Doğrusu bu yanıttan hiçbir şey anlamadım. "Ne banyosu?" diye sordum tekrar.

Seda bu kez daha açık konuştu:

"Evet. Düpedüz banyoya gidiyordu. Benim için çok önemli olan o anda yıllardır duygularımı hiçe saydığını fark ettim. Ben sarılıp sırtımı öpmesini ve iki güzel laf söylemesini beklerken o hep kalkıp banyoya duş almaya gidiyordu."

Seda'nın bu sözleri üzerine ne söyleyeceğimi bilemedim. Sustum! Şaşkındım.

Seda'ya tekrar sorular sormaya başladım:

"Seni başka bir kadınla mı aldattığını düşündün?"

Yüzüme öfkeyle baktı ve, "Of ya, sen de çok salaksın," dedi.

Ben de bunun üzerine sakince, "Teşekkür ederim. Akıllı olduğumu sana kim söylemişti zaten?" diye karşılık verdim.

Seda'nın iyice durgunlaştığını hissettim. Benden özür dilemeye başlamıştı. Bir yandan da ağlıyordu.

"Kemal de zaten bu gerçeği öğrendiğinde anlam verememişti. Aslında benim sözünü ettiğim şey yalnızlık..."

"Yalnızlığının banyo ile ne ilgisi var?"

"Aslında çok ilgisi var. Bütün yaşadığım tatsız olayların başlangıcını teşkil ediyor. Kemal ile her sevişmemizden sonra onunla o en özel ânımı paylaşmak istiyordum ben. Ya o ne yapıyordu?"

"Ne yapıyordu?"

"Ben sana söyleyeyim. Seks yapıp boşaldıktan sonra, banyoya gidip duş alıyordu. O an için kendimi çok yalnız ve kötü hissediyordum. Son zamanlarda bunun farkına vardığımda yatakta ağlıyordum. Kendimi terk edilmiş gibi hissediyordum. Kemal bu davranışıma bir türlü anlam veremiyordu. 'Ne oldu aşkım? Niçin ağlıyorsun?' diye sorduğunda, 'Hiç. Yok bir şey,' diyordum."

Bir an için kendimi Kemal'le özdeşleştirdim ve oturduğum koltuğa külçe gibi yığılıp kaldım. Ben de bu soruyu defalarca sormuş ve her seferinde aynı yanıtı almıştım. Ancak şimdi o yanıtın altında yatan gerçeği de biliyordum.

Yüzüm kimbilir ne haldeydi ki Seda telaşla, "Sen iyi misin? N'oldu?" diye sordu.

"Hiç. Yok bir şey," kelimeleri çıkıverdi ağzımdan. Bu kelimeler aklıma kazınmıştı demek ki.

Kendi yaşadığım sahneler canlanmıştı gözlerimin önünde. Kemal'i kendime çok benzettim. Birimiz duş alırken, diğerimiz ise banyoya koşup prezarvatifi çıkarmak için can atıyorduk.

Kendime gelip Seda'ya döndüm:

"Kocanın böyle davranmasını istemediğini ona neden söylemedin?"

Bana verdiği cevap oldukça şaşırtıcıydı. 'Erkekler Mars'tan, kadınlar Venüs'ten' diyenler gerçekten de doğru söylemişlerdi.

"Onun anlamasını bekledim. Ancak bunu beklerken onun her kalkıp banyoya gidişinde ondan uzaklaştığımı fark ettim. Şimdiki aklım olsaydı, rahatsız olduğumu ilk gün söylerdim. Bunun bedelini çok ağır bir şekilde ödedim. Ama yaşamda bazı şeylerin kaderle belirlendiğini öğrendim. Yoksa bir insan benim kadar şanssız olabilir miydi? Bundan sonra anlatacaklarımı dinlersen bana hak vereceksin."

Seda makineli tüfek gibi anlatmaya başladı.

ALDATIRKEN ALDANMAK

Bütün bu karmaşık duyguları yaşarken kaderimin bana ördüğü oyundan habersizdim. Annemin kanser olduğunu öğrendikten sonra kendi hayatımı bir kenara bırakıp annemin hastalığı ile uğraşmaya başladım. Tahlilleri yaptırmaya gittiğimiz üniversite hastanesinde Turgut isminde orta yaşlarda bir cerrah vardı. Doktordan annemin mide kanseri olduğunu öğrendim. Ama hastalığının hangi aşamada olduğunu daha bilmiyorduk. O nedenle annemin bir an önce ameliyat olması gerekiyordu. Annem ile ilgilenen Doktor Turgut buna karar vermişti. Biz de aile içinde karar aldıktan sonra yapılacak olan ameliyatı onayladık.

Tek endişemiz kanserin vücudunun diğer organlarına da yayılmasıydı. Ve korktuğumuz başımıza gelmişti. Hastalık, annemin bütün organlarına sıçramıştı.

Kendimi çok kötü hissediyordum.

Annemin ameliyat olacağı günlerde, Kemal de bir iş için yurtdışına gitmişti. Annemin bu durumu karşısında elim kolum bağlıydı. Kendimi çok yalnız ve çaresiz hissettim.

Ne yaparsak yapalım kaçınılmaz sona yaklaştığımızı biliyordum. O nedenle bir an olsun onun yanından ayrılmamaya çalışıyordum. Annemi devamlı hastaneye ben götürüp getiriyordum.

Günler birbirini kovalarken içimde başka tuhaf duygular belirmeye başladı. Doktor Turgut'a karşı bir yakınlık hissettim. Böyle bir hisse kapılmak beni korkutmuştu. Başka bir erkeğe karşı o güne kadar hiç ilgi duymamıştım. Onun da bana karşı ilgisi olduğunu fark ettim. Hastaneye her gittiğimde kendisi bizimle bizzat ilgileniyordu. Öğlen hastane yakınlarında bir yerlerde yemek yiyor, kahve içiyorduk.

Üzüntü ve heyecanı bir arada yaşıyordum. Hayat ne kadar acımasızdı. Annem ölümü için gün sayarken, ben ise bir başka erkek için özel duygular beslemeye başlamıştım.

Kendimi çoğu zaman arada kalmış hissediyordum. Bir tarafta annemin hastalığı, bir tarafta kocam Kemal'in varlığı ve diğer tarafta ise başka bir erkek.

Devamlı Turgut'u düşünmeye başlamıştım. Sırf Turgut'u görmek uğruna annemi neredeyse her gün kemoterapiye götürmek istiyordum. Turgut, evlenmiş ve boşanmış bir erkekti. Arnavutköy'de yalnız yaşıyordu.

Bir gün yine annemi hastaneye götürmüştüm. Turgut'u tekrar gördüğüm için mutluydum. Kemoterapiden sonra annemi hastaneden çıkarıp eve götürdüm.

O gün çıkması gereken bir rapor henüz hazır değildi. Bu yüzden ertesi gün hastaneye tekrar uğramam gerekiyordu. Kemal'e de ertesi gün öğlen hastaneye uğrayıp annemin raporunu alacağımı söyledim.

Kemal, "Yarın müsaitim. İstersen raporu ben alabilirim. Hem de doktoruyla tanışıp annenin durumu hakkında konuşurum," dedi.

Birden paniğe kapıldığımı hissettim. "Yok yok, gerek yok. Benim bolca vaktim var. Hem doktor bildiğim kadarıyla yarın bütün gün ameliyatta olacak," diye yanıt verdim.

Allahtan Kemal üstelemedi. "O zaman başka bir gün uğrarım," diye kapattı konuyu. Rahat bir nefes aldım.

Ertesi gün büyük bir heyecanla hastaneye gittim. Annemin raporunun doktorumuzda olduğu söylendi. Turgut'u cep numarasından aradım ve bana bugün hastaneye gitmediğini, raporun ise evde olduğunu söyledi.

"Peki," dedim. "Yarın tekrar gelirim hastaneye."

Turgut, "İstersen eve gelebilirsin. Karşılıklı birer kahve içeriz," deyince içimi bilinmez bir heyecan kapladı.

Neden bilmiyorum ama teklifini kabul ettim.

DOSYALAMAK

Sanki uzun zamandır bu teklifi bekliyordum. Büyük bir heyecanla arabamı Arnavutköy'e sürdüm. Kalbim duracak gibiydi. Turgut'un bana verdiği adresi sora sora buldum. Eve nasıl girdiğimi hatırlamıyorum.

Hemen bana bir kahve hazırladı. Spor giyinmişti. Rahat olmamı, çekinmemem gerektiğini söyledi. Bense heyecandan nasıl oturacağımı bile şaşırmıştım. Kahvelerimizi yudumlarken evinin manzarasının çok güzel olduğunu söyledim.

Bana baktı ve kibarca teşekkür ederek gülümsedi.

Nedense utanıp başımı önüme eğdim. O anda sehpada duran annemin dosyası gözüme ilişti. Dosyayı hemen elime alıp incelemeye başladım. Bir taraftan da annemin durumu hakkında sorular soruyordum. Turgut'un verdiği olumlu yanıtlar az da olsa yüzümü güldürdü.

Nasıl oldu bilmiyorum ama birden Turgut'la yan yana oturduğumuzu fark ettim. Bana dosyadan bir şeyler göstermek için yanıma gelmişti.

Bir anda elimi tuttu, göz göze geldik. Dudaklarımız birbirine dokundu. Heyecandan nefesim kesilmişti. Her tarafım zangır zangır titriyordu. Nedense bir türlü karşı koyamadım.

Üstümdekileri teker teker çıkarıyordu. En sonunda ikimiz de çırılçıplak kaldık. Uzunca bir ön sevişmeden sonra onu içimde hissettim. Nefesim kesilmişti. Dakikalarca seviştik. İçime boşaldığı an kafası omzuma düştü. Uzunca bir süre hiç kıpırdamadı. Yorgun bedenini arada bir hareket ettirerek dudaklarımdan öpüyordu.

Yaşadıklarım karşısında büyük bir şaşkınlık içindeydim. Hem hoşuma gitmişti hem de suçluluk duygusuyla telaşlanmıştım. Hemen olduğum yerden fırlayıp üstümü giyindim. Ve hoşçakal bile demeden evden çıktım. Bu telaşıma bir anlam verememişti mutlaka.

Bir taraftan araba kullanıyor, diğer taraftan da ağlıyordum. Birkaç saat sonra amaçsızca dolanıp durduğumu fark ettim. Kendime geldiğimde arabayı eve doğru sürdüm. Hemen kendimi banyoya atıp bir duş aldım. Başka bir erkek kokuyor muyum diye durmadan kendimi kokluyordum. Kemal anlayacak diye de ödüm kopuyordu.

Heyecandan yerimde duramıyor, evin içinde dört dönüyordum. Gelip gidip üstüme parfüm sıkıyor, sonra tekrar kokluyordum bedenimi.

Bir süre sonra annemin dosyasını sehpanın üstünde unuttuğumu hatırladım. İçimden, 'Allah kahretsin,' dedim. Yarın gidip adamın yüzünü yine görmek vardı işin ucunda. Turgut'a bir mesaj attım ve dosyayı yarın hastaneye getirmesini ve hemşireye bırakmasını istedim. Bir an için onu bir daha görmek istemediğimi düşündüm.

Akşam Kemal'le karşılaşmayı da hiç istemiyordum. Ya onu aldattığımı anlarsa ben ne yapardım? Kocamın ve oğlumun yüzüne nasıl bakacaktım?

Korkunç bir endişeye kapılmıştım.

Tam o anda çalan telefonla yerimden sıçradım. Arayan Kemal'di. Akşam mimar arkadaşlarının bir yemeği olduğunu ve biraz gecikeceğini haber veriyordu. Bir an olsun rahatladım ve o gelene kadar kendimi toparlamaya çalıştım.

HAYATIN CİLVESİ

Seda'nın kocasını aldattığı günün akşamı Kemal, hiçbir şeyden habersiz mimar arkadaşı Taner'in boğazda bir restoranda verdiği yemeğe katılmıştı.

Kemal, masada kendisi gibi mimar olan birçok insanı tanıyordu. Balıklar söylenmiş, rakılar çoktan açılmıştı. Gecenin ilerleyen saatlerinde Taner, masadaki birkaç insanın birbirini tanımadığını fark etti. Bunun üzerine Kemal'e dönerek o insanları tanıştırmaya başladı. İki mimardan sonra karşısında oturan adamı göstererek, "Seni doktor arkadaşım Turgut ile tanıştırayım," dedi. Ardından da ekledi: "Kendisi çok iyi bir cerrahtır."

Kemal yeni tanıştığı doktora, memnun oldum anlamında başını salladı. O gece iş ve kadınlarla yaşanan ilişkilerin zorluklarından konuşulmuştu. Masadaki bütün erkekler ilişkilerindeki çıkmazları anlatmışlardı. Gecenin ilerleyen saatlerinde masada birkaç kişi kalmıştı. Turgut, masada kalan son dört kişiyi, evi yakın olduğu için kahve içmeye davet etti.

Kemal, bir an önce evine dönmek istiyordu. Ancak Turgut'un ısrarına dayanamayarak, "Peki," dedi.

Dört arkadaş şimdi Turgut'un evindeydiler. Bir ara Kemal'in gözü sehpanın üzerinde duran dosyaya ilişti. Bu, kayınvalidesinin dosyasıydı. Önce gözlerine inanamadı. Küçük bir şaşkınlık yaşadıktan sonra Turgut'a dönerek, "Nerede doktorsunuz?" diye sordu.

Doktor Turgut, "Üniversitede," diye yanıtladı.

"Tesadüfe bakın," dedi Kemal. "Bu dosyada ismi yazan kadın benim kayınvalidem."

Turgut da şaşırdı ancak şaşkınlığını gizlemeye çalıştı. Karşısındaki adam Seda'nın kocasıydı. İçinden, 'İşe bak. Bugün karısıyla seviştiğim adam, şimdi karşımda duruyor. Hem de tam seviştiğimiz koltuğun üzerinde oturuyor,' diye geçirdi.

Turgut durumu toparlamaya çalıştı ve hastasının Seda isminde bir kızı olduğunu söyledi.

Kemal de başıyla onayladı. "Evet, evet. Aynı insandan söz ediyoruz, Seda benim karım."

Kemal, Turgut'a bakarak, "Bu gerçekten harika bir tesadüf. Bugün tahlil sonuçlarını almak için hastaneye gelecektim. Sizinle tanışmak istiyordum ama olmadı."

Turgut, yeni tanıştığı arkadaşının sözünü kesti:

"Bugün hastaneye gitmedim ve rapor yazmak için dosyayı eve getirdim."

Kemal, aldatıldığından habersiz, kayınvalidesinin hastalığı hakkında sorular sormaya başladı. Turgut, gece boyunca kıvrandı durdu. Renk vermeden Kemal'in sorularını yanıtlamaya çalıştı.

Sonunda kalkmak için izin istediler. Kemal, kapıdan çıkarken, "Kayınvalidemin raporu tamamsa alabilir miyim?" diye sordu. "Böylece Seda, yarın tekrar size gelmek için yorulmamış olur."

"Tabii," deyip dosyayı Kemal'e uzatan Turgut, onları uğurladıktan hemen sonra cep telefonundan Seda'yı aradı. Ama Seda'nın telefonu kapalıydı.

Seda'yla konuşabilseydi, 'Bu gece kocanla tanıştım ve bende unuttuğun dosyayı ona verdim. Endişelenecek bir durum yok. Panik yapma,' diyecekti.

Ama nafile!..

O sırada Seda'nın yaşadığı zaman diliminde farklı rüzgârlar esmekteydi. Seda, yaşadığı heyecanlı günün sonunda, suçluluk duygusu ile zevk dolu dakikalar arasında sıkışıp kalmıştı. Bu yüzden gün boyu cep telefonunu kapalı tutmuştu.

Kemal eve ulaştığında kapıyı çaldı. Seda kapıyı açar açmaz kocasının boynuna sarılıp dudaklarına bir öpücük kondurdu.

"Aşkım, neredeydin bu saate kadar? Üstelik çok fazla da içmişsin."

Kemal ayakkabısını çıkarmak için eğilmeden önce elindeki dosyayı karısına uzattı.

"Bak ne buldum. Annenin dosyasını. Hem de Doktor Turgut'un evinde."

İşte tam o sırada Seda'nın gözleri karardı. Panikledi.

Kocasının her şeyi bildiğini düşündü!

Seda'nın gözlerine baktığımda o ânı ben de yaşar gibi oldum.

Gittikçe büyüyen gözlerle hikâyesinin sonunu getirdi.

ACI SON

Bir anda gözlerim karardı. Ayakta duramayacak kadar kötü oldum. Yere yığıldım ve ağlamaya başladım. Kemal'in yüzüne bakamıyordum. Tam anlamı ile dizlerimin bağı çözülmüştü. Konuştukça konuşmaya başladım. Turgut'un evine giderken amacımın onunla birlikte olmak olmadığını anlatmaya çalıştım.

Kafamı kaldırıp Kemal'e baktığımda, kapının önünde heykel gibi donup kaldığını gördüm. Önce elindeki dosya yere düştü, sonra kendisi yere yığılıp kaldı.

"Bugün ne yaptın?! Doktor Turgut'la birlikte mi oldun?"

"Evet!"

Kemal'in bir an nefesi kesildi sandım. Uzunca bir süre yığıldığı yerde kaldı.

"Bunu nasıl öğrendin?" diye sordum.

Ağlarken sesi boğuk boğuk çıkıyordu.

"Bilmiyordum. Bilmiyordum. Şimdi senden öğrendim. Turgut'la tesadüfen yemekte tanıştım. Sonra evine gittik. Dosyayı orada gördüm ve alıp getirdim."

O anda ne büyük bir hata yaptığımı anladım ama iş işten geçmişti. Artık ok yaydan çıkmıştı. İkimiz de ağlıyorduk. Burak, sesimize uyandı. O da biz ağlıyoruz diye ağlamaya başladı.

Kemal, kendini dışarı attı ve bütün gece eve dönmedi. Burak'ı tekrar yatırdıktan sonra Turgut'u aradım.

Ağlamaktan konuşamıyordum. Ağzıma gelen küfürleri ettikten sonra telefonu kapattım. Anlaşılan o da panik olmuştu.

'Ben ne yaptım? Ben ne yaptım?' sorusunu sabaha kadar defalarca kendi kendime sordum.

Kocam, birkaç gün sonra bitkin bir halde eve döndü. Kemal, artık benim bildiğim Kemal değildi. Onu hiç bu kadar kötü görmemiştim. Boşanma kararı aldığını söyledi bana.

Ben de sesimi çıkaramadan, "Peki, sen bilirsin," dedim.

Ardından sordu:

"Bunu bana neden yaptın? Ben ki seni gözümden bile sakınırdım. Bana bu kötülüğü nasıl yaptın?"

İçimdeki karmaşayı nasıl açıklayacağımı bilemedim. Uzunca bir süredir yalnızlık çektiğimi söyledim.

"Ne tür bir yalnızlık?" dedi.

"Her sevişmemizden sonra sırtını dönerek banyoya gidip duş almandan nefret ediyordum. Kendimi çok yalnız hissettim."

"Peki, bunu bana niçin söylemedin? Böyle hissettiğinden neden hiç haberim olmadı? O nedenle mi hep ağlıyordun? Niçin ağladığını sorduğumda bana hep, 'Hiç, yok bir şey,' diyordun. Allah cezanı versin, bundan niye haberim olmadı? Beni çok kötü vurdun! Allah cezanı versin."

Ağzımı açıp tek bir kelime söyleyemedim. Kocamla konuşamamanın, duygularımı paylaşamamanın bedelini ağır ödemiştim. Hepimiz ağır ödemiştik.

Boşanacağımızı ailelerimiz öğrendiğinde çok şaşırdılar.

Kemal, galiba çocuğunun annesi olduğum için kendisini aldattığımı kimseye söylemedi.

Boşanmak istemesinin sebebi olarak 'şiddetli geçimsizlik' dediğinde herkes şaşırmıştı.

Araya aileler girdi ve Kemal'i boşanma fikrinden vazgeçirmeye çalıştılar. Boşanmamıza izin vermediler. Evde artık yataklarımızı bile ayırmıştık.

Kemal, kendisini aldattığımı hiçbir zaman kendine yediremedi. Uzunca bir süre psikolojik tedavi gördü.

Olayların üzerinden altı ay geçmişti. Bir gün işteyken telefonum çaldı. Kayınpederim beni eve çağırıyordu.

Bir an için annemin öldüğünü düşündüm. Ağlayarak eve gittim. Kapının önünde polisi görünce şaşırdım. Eve girdiğimde herkes ağlıyordu.

Kemal'i kanlar içinde yerde buldum. Babasının beylik tabancası ile intihar etmişti. Olduğum yere yığıldım kaldım.

Cansız yatan bedeninin yanında bir not vardı:

"Son zamanlarda yaşadıklarım üstüme üstüme gelmeye başlamıştı. Ölümümden kimse sorumlu değildir. Kemal."

* * *

Bu hikâyeden geriye kalanlar: toprağa düşmüş bir can, sinir hastası olan bir kadın ve psikolojik tedavi gördüğü halde ameliyatlarını elleri titrediği için yapamayan bir doktor...

Eşine sarılmamanın ölümcül bir hata olacağını, Mimar Kemal nereden bilebilirdi ki?

İKİNCİ İTİRAF
ZİNA

"Kadınların en az kurnaz olanları bile sonsuz sayıda tuzak kurabilirler, kazanan -fazla kuşku uyandırmadığı için- en aptal olanıdır."

Honore de Balzac

KOCAM KADIN-ADAM OLDU

Bir gece yine uykuyla uyanıklık arası, gördüğüm saçma sapan rüyalara anlam vermeye çalışırken, telefonum acı acı çalmaya başladı.

Şu densiz alet, özgürlüğünü bitiriyordu insanın. Cep telefonlarından o gece bir kez daha nefret ettim.

Sabah uyandığımda telefonun çaldığını ve benim 'YES' tuşuna dokunduğumu hayal meyal hatırladım. Bir de hattın öbür ucunda bir kadının ağlayarak bana bir şeyler anlatmaya çalıştığını... Gerisini hiç hatırlamıyordum.

Sabah uyanır uyanmaz telefonun menüsüne girip arayan numaralara baktım. Son arayan numara Neslihan'ın numarasıydı.

Hemen onu geri aradım.

"Gece beni arayan sen miydin?"

"Evet, bendim. Boyu devrilecesi herif, telefonu açtın ve tek bir kelime bile söylemeden suratıma kapattın."

"Özür dilerim. Gece yarısı hizmeti veremiyoruz ne yazık ki. Şimdi söyle bakalım. Ne istiyorsun?"

"Senin avukat olan arkadaşının telefon numarası gerekiyor. Kocamdan boşanıyorum. Bu şerefsiz erkek beni aldatıyormuş. Dün gece bana kendi kendine her şeyi anlattı. Bu herifle bir daha yatağa girmem."

O an durup düşündüm. Hem aldatıp hem de aldattığını karına nasıl söylersin? Daha sonra başına gelecekleri hiç mi düşünmez misin?

Neslihan'a, "Tamam, tamam," dedikten sonra onu kahve içmeye davet ettim. "Hem bana her şeyi ayrıntılı olarak anlatırsın, hem de dün gece için kendimi affettirmiş olurum sana."

Teklifimi kabul etti ve Nişantaşı'ndaki Cafe Wien'de buluşmak üzere telefonu kapattık.

DERİN ŞÜPHE

Neslihan'ın gözlerinde bütün yüzünü kaplayan siyah kocaman bir gözlük vardı. Gözlüğü çıkarmasını söyledim.

"Çıkaramam. Gözlerim ağlamaktan şişti," dedi. "O boyu devrilesice kocam var ya..."

"Eee, ne olmuş kocana?"

"O, biliyor musun, sizden değilmiş artık."

"Allah Allah, biz kimiz be kızım?"

"Oğlum beni deli etme, iki çocuk sahibi olduğum herif meğerse gay olmuş."

O an bende film koptu. Katıla katıla gülmeye başladım.

Osman'ı tanıdığım için bir anda o göbekli herifi yatakta başka bir erkekle hayal ettim. Bu sahneydi beni güldüren.

Sonra kendimi toparladım ve Neslihan'dan özür diledim.

"Kusura bakma, geçici bir bilinç kaybı benimkisi."

"Neyse, neyse. Ben bir an önce boşanmak istiyorum. Bir dakika bile duramam o herifin yanında."

"Haklısın. Bence de hemen boşanmalısın."

Bu lafı söylerken bir hukuk kuralı aklıma gelivermişti:

"Eşyanın tabiatına aykırı olmama kuralı."

Bir taraftan da avukat olan arkadaşım Enver'in kartvizitini bulmaya çalışıyordum.

Doğrusu Osman'ı cesur yürekliliğinden dolayı bir an için kutlamak istedim. Nasıl olur da adam, gay olduğunu böyle dangadanak eşine söyleyebilir ki?!

Neslihan uzunca bir süredir zaten şüpheleniyormuş Osman'da bir tuhaflık olduğundan.

"Aslına bakarsan, beni başka bir kadınla aldattığını düşünüyordum. Bana aylardır dokunmuyordu. Önceleri işlerindeki yoğunluğa bağladım. Ama bu süre uzayınca kesin başka bir kadın var dedim. Nereden bileyim beni bir herifle aldattığını?"

Sonra...

KOCAM O BİÇİM OLMUŞ!

Dün gece işte böyle şeyler düşünüyordum yine. Osman gecenin köründe geldi eve. O gelene kadar birkaç kadeh viskiyi yuvarlamıştım bile. İçerken de bir karar almıştım. Bu gece dananın kuyruğu kopmalıydı. Neler çevirdiğini öğrenmeliydim. Kendine bir viski koydu. Direkt konuya girdim:

"Neler oluyor Osman? Neredeyse iki aydır bana dokunmadığının farkında mısın? Başka bir kadın mı var hayatında yoksa?"

Konuşurken kendimi tutamayıp ağlamaya başladım.

Osman, elindeki viski kadehini fondip yapıp itirafa başladı:

"Sana nasıl anlatsam bilmiyorum ki!"

"Rahat ol! Ters giden bir şeyler var ve bunu bu gece çözmemiz gerekiyor. Yoksa çıldıracağım."

"Tamam," diyerek derin bir nefes aldı. "Seni başka bir kadınla aldatmıyorum. Ama ben uzun zamandır, senin bildiğin Osman değilim."

"Ne demek senin bildiğin Osman değilim. Kimsin peki?"

"Konu madem bu gece açıldı. Aldığım kararı seninle paylaşmak istiyorum. Seninle artık aynı yatağa giremem. Boşanma kararı aldım. Çünkü ben sağlıksız bir erkeğim. Bir kadınla ilişkim yok. Ben erkeklerle ilişkiye giriyorum. Cinsel arzularımda değişiklik oldu. Ben artık homoseksüel oldum."

Şaşkınlıktan elimdeki viski kadehini yere düşürdüm.

Ağlamam kesilmişti. Yalnızca Osman'ın yüzüne boş boş bakıyordum. Tam anlamı ile şoka girmiştim. Daha sonra tekrar ağlamaya başladım. Ama bu kez krize girmiştim. Bedenim tirtir titriyordu.

Osman'a, "Keşke beni başka bir kadınla aldatsaydın," diye aptalca bir laf ettim. Herhalde bunun açıklamasını kendime daha kolay yapardım. Ama ya bu durum?! Bunu kime nasıl açıklayabilirim ki...

O an bu lafı niçin söyledim, onu da anlamadım ya. Şaşkınlıktan ne söyleyeceğimi biliyor muydum sanki?

Osman, elimden tuttu ve, "Bu kararı ikimizin de iyiliği için aldım," dedi.

Ardından, neden aylardır bana dokunmadığını şöyle açıkladı:

"Ben artık başka bir yaşam biçimini tercih ettim ve erkeklerle birlikte olmaktan zevk alırken bir yandan da nasıl seninle birlikte olabilirim ki? Bunu sana nasıl anlatacağımı düşünüyordum uzun zamandır. Ama artık benim de canıma tak etti. O yüzden senden boşanmaya karar verdim. Bu ikimiz için de en iyi çözüm."

"Peki ya ben n'olacağım? Ya çocuklarımız?"

"Hiç endişeye kapılmana gerek yok canım. Sana maddi açıdan hiçbir zorluk yaşatmayacağım. İstediğin her şeyi veririm. Maddi sıkıntı çekmeyeceksin. Senden bir tek isteğim var. Bu gerçeği çocukların bilmesini istemiyorum. Bunu duyarlarsa ister istemez olumsuz etkilenecekler. Anlaşamadık ayrıldık diyelim, olur mu?"

Artık ne söyleyeceğimi bilmiyordum.

Demek kocam o biçim olmuştu.

* * *

Ben de Neslihan'a ne söyleyeceğimi bilemedim. Duyduklarıma çok şaşırmıştım.

"Herkesin başına gelen bir durum değil ama başka bir kadınla aldatsaydı yine de onurun kırılacaktı," diyebildim.

Enver'in telefonunu verdim. Onu bir an önce arayıp boşanma işlemlerini başlatmasını söyledim.

Hatta yanından Enver'i arayıp Neslihan'ın başından geçenleri kısaca anlattım ve ilgilenmesini söyledim.

Sonra bulunduğumuz mekândan ayrıldık.

Enver, birkaç hafta sonra beni aradı. Neslihan'ın kendisini aramadığını, başka bir avukat mı bulduğunu sordu. Enver'e haberim olmadığını ve kendisine haber vereceğimi söyledim.

Hemen Neslihan'ı aradım. Enver'i neden aramadığını sordum. Yanıtı gerçekten şoke ediciydi.

"Artık bir avukata gerek kalmadı. Çünkü ben Osman'la boşanmaktan vazgeçtim."

"Nasıl olur böyle bir şey?"

"Osman da senin gibi şaşırdı. Ama karar verdim. Osman'dan boşanmayacağım. Seninle konuştuğumuzda çok duygusal davrandığımı anladım. Osman bana birçok şey bırakacağını söyledi ama ben yıllardır çalışmayan bir kadınım. Hazıra dağ dayanmaz. Bir gün gelecek ve bana verdiklerini tüketeceğim. Ama eğer onun karısı olarak kalırsam, Osman bana bir ömür boyu bakabilir. Nasıl olsa iş hayatında son derece başarılı bir insan. Artık bazı şeyleri görmezden geleceğim. İlk iş olarak da yatakları ayırdım."

"Peki Osman ne dedi bu kararına?"

"Osman tabii ki önce tepki gösterdi. Ama ona, 'Ne yani senin gay olduğunu herkese söylememi mi istiyorsun?' deyince sesini kesti ve, 'Ne halt yiyorsan ye,' dedi. Böylece geleceğimi garanti altına almış oldum. Bakarsın bir de genç bir sevgili bulurum."

Çok şaşırdım!

Dinlediğim bu itiraflar karşısında küçük dilimi yutacak gibi oldum!

Böylesi bir son karşısında, kim ne diyebilir ki?!

İnanın ben de bir şey diyemedim!..

ÜÇÜNCÜ İTİRAF
KADIN SENİN ADIN 'YALAN' OLSUN

"Eğer yalnız kalmaktan çekiniyorsanız, evlenmeyin!"

Anton Çehov

HAYATIMA GİREN ÜÇÜNCÜ ERKEKSİN

"Siz erkeklerin saflık derecesi nedir?" diye bir soru attı ortaya Eylem.

"Saf olduğumuzu da nereden çıkardın? Gerçekten öyle mi görünüyoruz?"

"Ya kusura bakma ama açık konuşmak gerekirse çok salaksınız. Geçen akşam Gönüllerle sohbet ederken, gülmekten yerlere yattık. Konuştuğumuz ve bizi bu kadar güldüren konu, hangimizin erkeğinin diğerinden daha saf ve salak olduğuydu."

"Eee? Kimi birinci seçtiniz?"

"Maalesef hiç kimseyi. Hepimiz ortak bir karara vardık. Hepiniz salaklık sıralamasında bir numaraymışsınız."

O an benim de saflığım tuttu.

"Hangi konuda salakmışız?" diye bir soru sorma gafletinde bulundum.

"Kadınlar hakkında hiçbir şey bilmiyorsunuz. O akşam anladık ki; hepimiz sevgililerimize hayatımıza giren üçüncü erkek olduklarını söylemişiz. Kendi aramızda bu gerçeği öğrendiğimizde, küçük dilimizi yutacak gibi olduk. Demek ki kadınlar üç aşağı beş yukarı aynı şeyleri düşünüyor ve söylüyorlar."

"Peki gerçek ne? O senin hayatına giren kaçıncı erkek?"

"On üç."

"Hiç fena bir sayı değilmiş. On üçten üçü çıkarırsan elde var on yani."

"Boş ver be oğlum. Nasıl olsa biriniz de bir, onunuz da."

"Haklısın," dedim. "Kökümüze kibrit suyu."

O an için, bekâretini kaza sonucu kaybettiğini söyleyen eski bir arkadaşım geldi aklıma.

Bakire olup olmadığını sormadığım halde herhalde bana kendini masum göstermek için bekâretini nasıl kaybettiğini anlatmıştı. Ben de kızcağızın anlattıklarına üzülmüş, 'Yazık, ne kadar da şanssızmış,' diye düşünmüştüm.

Çocukluğunda bir ağacın tepesinde oynarken, tutunduğu dalı bir anlık dalgınlığa gelip elinden bırakması, kendi deyimiyle, hayatını karartmıştı. Bir gün önce şiddetli yağmurla birlikte esen fırtınanın ağaçtan kopardığı ucu sivri bir dal, sinsice planını yapmıştı. Tuzak, artık hazırdı. Bu tuzaktan habersiz olan kızcağız, ertesi gün bacaklarını açıp o dalın üstüne düşeceğinden habersizdi.

'Tüh... Ben şimdi ne yapacağım. Aslında ben bekâretimi âşık olacağım erkeğe saklamıştım. Şimdi önüme çıkan aşkım, benim hakkımda ne düşünecek?' diye düşündüğünü anlatmıştı kızcağız.

Tabii ki o an anlattıklarını sorgulama gereği duymadım. Ancak gerçeğin böyle olmadığını birkaç ay sonra 'o sinsi planı yapan dal'dan tesadüfen öğrenince, ilişkim başladığı gibi bitti.

O gün şunu anladım:

Bir kadın, karşısındaki erkeğe zorunlu olarak bir şeyleri anlatıyorsa bu, gerçekleri gizlemek istediği içindir.

Bir erkekle yatakta çırılçıplak sadece ön sevişme yaparken -böylesine bir kaza sonucu- bekâretini kaybettiğini söyleyen bir kadına, ancak bir salak inanabilir!

'ERKEK EŞİTTİR SALAK' MI?

Eylem ve arkadaşlarının o akşam erkekler hakkında vardıkları sonuçlar bir bakıma doğruydu. Bazı kadınların gözünde 'erkek eşittir salak'tı.

Bu yaşadıklarımı düşünürken, Eylem'in de aslında o kadınlardan biri olduğunu unutmuştum.

Hafızam beni hemen uyardı. Gözlerim gerçeğe yöneldi. Eylem'in yüzüne baktım.

Doğru ya... Eylem'in kaşındaki yara izini nasıl unutmuştum.

Eski erkek arkadaşlarından biri ile seviştikten sonra -o ânın heyecanıyla- yatakta şakalaşırken düşüp kaşını yardığını anlatmamış mıydı?

Eylem'e bakarken gülmeye başladım.

"Neden gülüp duruyorsun? Anlatsana."

"Hiç! Aklıma bir şey geldi de..."

"Söyle bakalım aklına gelen şey neymiş?"

"Senin kaşının üstündeki yara izi nasıl olmuştu?"

Su dolu bardağı kaptığı gibi üstüme boşalttı.

"İğrençsin sen oğlum. Nereden geldi aklına şimdi bu?"

"Allah aşkına söyle. Merak ediyorum. Ahmet, 'Aşkım kaşının üstündeki bu yara izi de ne?' diye sorduğunda ne cevap vermiştin?"

"Yalnızca Ahmet'e değil, aileme ve diğer sevgililerime de söylemek üzere tek bir senaryo hazırlamıştım: Bir gün evi temizlerken, lambanın tozunu silmek için üstüne çıktığım sandalye, ayağımın altından kaydı. Ben de düştüğüm gibi kafamı sehpanın kenarına çarptım. Kan boşalınca hemen doktora gittim. Kaşım açılmış, dikiş attılar. Ve o günden sonra kaşımın üstünde bu iz kaldı."

"Oldu mu şimdi?"

"Ya ne söylemeliydim? Erkek arkadaşım ile seviştikten sonra şakalaşırken düştüm ve kaşım açıldı, bu iz o mutlu ânımdan eser kaldı mı deseydim? Ben kafayı yemedim oğlum. O zamanki sevgilim ve sen hariç, herkes bunun böyle olduğunu biliyor."

* * *

Eylem, bunları anlatırken aklıma başka bir şey takılmıştı. O akşam bir araya gelip ağırlıklı olarak erkeklerin salaklıkları üzerine konuşan kadınlar, neden erkeklere 'üçüncü erkeksin' yalanını söylüyorlardı?

Bu soruyu hemen Eylem'e yönelttim.

Bana verdiği cevapta, kadınlarla ilgili çok ilginç ipuçları saklıydı:

"Çünkü bu, evlilik öncesi ilişki yaşayan kadınların masumiyet adına uyguladıkları bir yöntemdir. Karşına çıkan erkeğe, eğer bakireliğini daha önce kaybetmişsen, ben kız-oğlan-kızım diyemezsin. Bu yalanları artık kimse yemiyor. Onun için de hayatına giren ilk erkeğine bir kulp bulman gerekiyor. O ilk erkek seni bırakıp gittiğinde, arkasında derin izler bırakmıştır. Kadın için bu izin anlamı, ondan sonra karşısına çıkan erkeklerin kendisinde bıraktığı izden çok farklıdır. Hiçbir kadın ilk cinsel keşfini yaşarken duyduğu endişe ve heyecanı unutmaz. Ondan sonra hayatına giren erkeklere ise şöyle der: 'Bakireliğimi kaybettiğimde henüz çok gençtim. O zamanlar gözüm daha açılmamıştı. Erkek arkadaşım da tecrübesizdi. İkimiz de bunun böyle olmasını aslında istemedik.'"

"Sonra?"

"Bu büyük yalandan sonra, 'seni çok seviyorum' yalanı ile karşımızdaki erkeğin üzerine gözyaşlarımızı boşaltırız. Sevgilisinden bunu duyan erkeğin içine o an su serpilmiş olur. Erkek kadına sarılıp alnına bir öpücük kondurur."

"Sonra?"

"Arkasından şöyle konuşur: 'Hadi ağlama artık canım. Benim için zaten bu bekâret konusu önemli değil. Ben sana inanıyorum. Üstelik önem versem ne olur? Bak, zaten kazara olmuş. Ağlamayı artık kes. Ben yanındayım.'"

"Ne şeytani bir plan!"

"Ne sandın? Kendimizin özel bir kadın olduğunu gösterme konusunda attığımız ilk adımı böylece başarı ile tamamlamış oluyoruz. Onun için ikinci planı devreye sokup bu olayı sonlandırıyoruz. Çünkü bu ilk başarılı adımın kendi içinde sakıncası var. Anlattıkların ile eşeğin aklına karpuz kabuğunu da sokuyorsun."

Bu laf üzerine gözlerim faltaşı gibi açıldı.

"Erkeğin aklına başka ne gibi bir soru takılabilir ki?" dedim.

Eylem, gayet soğukkanlılıkla o gece arkadaşları ile ortak olan düşüncelerini anlatmaya devam etti:

"Bir eşeğe eğer karpuz kabuğunu gösterirsen, eşeğin tek bir amacı vardır. O kabuğu bir an önce bulup yemek. Bekâretimizi başka bir erkeğe istemeden verdiğimizi öğrenen erkek, hazır bakireliği kaybetmişken de başka erkeklerle birlikte olup olmadığımızı kafasında sorgulamaya başlar. Burada işte ikinci planı devreye sokup olayı tamamen kapatıyoruz."

"Nasıl yani?"

"Sen de kabul etmelisin ki, siz erkekler mazisinde bir sürü erkek olmuş kadınlara evlenilecek değil, yatılacak kadın olarak bakıyorsunuz. Ama yine de gidip o kadınlarla evleniyorsunuz. Çünkü bu, sizin kaderiniz artık. Kadının bu masum hali karşısında siz de saflaşıp salaklaşıyorsunuz."

"Gerçekten böyle mi düşünüyorsun?"

"Tabii ki, ne sandın? Dur ya ben ne anlatıyordum sana? Haa... İkinci plan demiştim. En öldürücü ve son plan bu. Acaba hayatına kazara bakireliğini verdiği erkekten başka bir erkek girdi mi diye kendi kendine soru soran erkeğin, hemen önünü tıkamak gerekiyor. Eğer elini çabuk tutup erkek bu soruyu sana sormadan cevabını vermişsen, bu işten artık yırtmışsındır."

"Vay be!"

"Ondan sonra bir şeyi bilmesi gerektiğini daha söylüyorsun. İlk şokun dalgası ile yumuşayan erkeğe arada aklına gelen bu sorunun cevabını verip geçiyorsun. Yaşadığım bu tatsız ilişkiden sonra, başka biri ile tanıştım. Onunla da çok ileri boyutta bir ilişkim olmadı. Ama ben evlenmeyi düşünürken, herifin beni oyaladığını gördüm. Biliyorsun ben genç bir kızım. İster istemez ben de evlenip çoluk çocuk sahibi olmak istiyorum. O şerefsiz herif beni dört yıl oyaladıktan sonra ayrıldık. O gün bu gündür yemin etmiştim. Kimseyle çıkmayacaktım artık. Yaşadığım bu iki ilişki beni yormuştu. Ben bu düşünce içindeyken, Allah seni karşıma çıkardı aşkım. İyi ki de çıkarmış. Yoksa ben sensiz ne yapardım? Bir öpücük ver bakayım."

"Nasıl yani?"

"Muck, muck işte ya, anlarsın."

Kadın, artık masumiyetinin bayrağını erkeğin kalbine dikmiştir.

Artık kadın için isteklerinin ve fantezilerinin legal dönemi başlamıştır.

Sizce şeytanı başka yerde aramaya gerek var mı?

DÖRDÜNCÜ İTİRAF
MASUM DEĞİLİZ

"Dünyada bir kadından daha tehlikeli bir şey olamaz,
başka bir kadın hariç."

Aristophanes

YANITSIZ SORULAR

Aşk neden büyülü bir duyguydu? İnsan, âşık oldum dediği zaman gerçekten durumun hangi haline âşık oluyordu? Bir insanın kendi bedenine yabancılaşması nasıl bir duyguydu?

Tanıdığım beni, bilmediğim ben, arkasından neden sürüklerdi? Kendi benliğimi, bilmediğim benliğim nasıl yoldan çıkarıp aklını başından alırdı?

Eylem'le konuştuğumuz gece bunları düşündüm.

Çoğu zaman bir ömür boyu bile sürmeyecek bir ilişkiye, bir insan nasıl böyle ölümüne bağlanabilir ki?

İlişki yaşadığım kadınları düşündüm. Hangisi birbirinden farklıydı? Neden onları aynı ölçüde sevmemiştim? Niçin bir diğerine daha fazla ilgi göstermiştim? Onları benim için aynı kılan şey neydi? Hepsinin beni delice sevdiklerini söylemeleri miydi?

Ben de acaba kaç kez aldatıldım? Beni sevdiklerini söylerlerken, başka erkeklerle de kırıştırıyorlar mıydı? Yoksa bütün dürüst kadınlar beni mi bulmuştu?

Böyle düşünmek saflık mıydı?

Başkalarının sevgilileri ile ilişki yaşayan tek erkek ben miydim? Tanıdığım ve tanımadığım erkek ve kadınlar başkaları ile birlikte değiller miydi?

Bütün gece bunları düşündükten sonra Eylem'i aramaya karar verdim.

MASUMİYET MASKESİ

Eylem'i anlaşılan uykusundan uyandırmıştım.

"Beni iyi dinle, bugün konuştuklarımızı düşündüm. Bir oyun oynuyorum. Bazı parçaları kafamda birleştirmeye çalışıyorum. Bu bir puzzle. Bu puzzle bir kadın yüzü şeklinde. Hadi bana yardım et. Bildiğim ile bana gösterilen yüz çok karışık. Bu yüzü artık net görmek istiyorum."

Eylem uykulu uykulu söylenmeye başladı:

"Beni uykumun en tatlı yerinde uyandırıp aptalca şeyler konuşuyorsun. Sen kafayı mı yedin? Bütün gün konuştuğumuz yetmedi mi?"

"Hadi. Bırak söylenmeyi. Bir soruya cevap istiyorum. Her kadın masumiyet maskesi takar mı?"

"Aptal herif, masumiyet maskesi bir kadının en güçlü ve gizli silahıdır. Bu silahın en büyük özelliği kullanırken erkek tarafından görünmez olmasıdır. Ben dahil tanıdığım bütün kadınlar, hiçbirimiz masum değiliz. Ve göstermek istemediğimiz yüzümüzü bu maske ile örtmüşüz. Masum olmak kadınlığa aykırı bir şeydir. Ama masum görünmek, kadınlığın ta kendisidir. Arkadaşım Çağla'nın nişanlısı ile yaşadığı ilişkiyi anlatmamı ister misin?"

"Evet, isterim."

"Yalnız, bütün bunları benden duymuş olma."

"Dur bir dakika. Benim de tanıdığım Çağla'dan mı bahsediyorsun. Hani şu güzel ve şuh kadından."

"Hem evet hem de hayır. Çağla'nın bilmediğin yüzünden bahsedeceğim. Bak şimdi aklıma ne geldi? Şu senin puzzle'daki kadın yüzü, Çağla'nın yüzü olsun. Ben başlayayım anlatmaya, sen de boşlukları doldur."

"Tamam. İyi fikir."

"Çağla için seks delisi bir kadın diyebilirim. Bir erkeği kendine bağlamadaki başarısını ben ve bütün kızlar hayranlıkla izliyoruz. Çağla, birlikte olduğu erkeklerde, her zaman içi dolu bir cüzdan arardı. Aynı zamanda da seks hastasıydı. Erkekleri kendine âşık edip sonra da onlarla sevişmek için can atardı. Sürekli erkek değiştirmek onun yaşam felsefesiydi."

"Hı?!.."

"Bazen bir günde iki erkekle seviştiği bile oluyordu. Bu erkeklerin hepsi de sevgilisiydi. Bu kadar erkeği nasıl idare ediyordu, arkadaşları olarak anlam veremiyorduk. Biz iki erkeği aynı anda idare etmekte zorlanıyorduk."

"Vay be!"

"Dur, hemen havaya girme de dinle. Bir gün telefonum çaldı. Çağla, gayet mutlu bir şekilde bana bir şeyler anlatıyordu. 'Ben nişanlandım,' dedi. Şaşırdım. 'Dalga geçiyorsun benimle. Hayatta inanmam,' dedim. 'Manyak mısın be kızım! Birkaç gün sonra sizlerle tanıştıracağım. Diğer kızlara da söyle; hepiniz o akşam için güzel giyinin ve ağırbaşlı olun. İlk geceden herife rezil olmayalım. İşi o kadar ağırdan alıyorum ki daha yatmadık bile. Ama bu gece artık nişanlandığımıza göre niyeti bozdum. Bir şekilde onu baştan çıkarırım. Böylece ilk adımı atmış oluruz,' dedi."

"Eee, sonra?"

"Hemen kızlara haber verdim. Kimse inanmak istemiyordu. Herkes tabii Çağla'nın kendini adama nasıl tanıttığını merak ediyordu. Birkaç gün sonra Çağla evine davet etti bizi. Orta yaşlarda, iyi giyimli bir adam karşımızda oturuyordu. Hemen ilk notu verdik. Adamın maddi durumu fena değildi. Çağla, bizleri nişanlısı Metin ile tanıştırdı. Metin'in diş hekimi olduğunu öğrendik. Kendi özel muayenehanesi varmış. Bütün gece boyunca beş hatun, Metin'i inceledik. Fena bir herife benzemiyordu. Süt dökmüş kedi gibiydik. Gecenin bitip de kendimizi dışarı attığımızda kendi halimize gülmekten yerlere yattık."

"Tam bir tiyatro desene."

"Evet. Ertesi gün Çağla aradı. 'Metin, sizi çok sevmiş. Ne kadar ağırbaşlı kız arkadaşların var, dedi,' dedi. O anda gülüştük. 'Sen bizi bırak. Adamla seviştin mi onu söyle,' diye sordum. Cevabı ne olsa beğenirsin. Bana, 'Metin'e öyle bir oyun yaptım ki, sanki ben bu işi yapmak istemiyorum ama onun da üzülmesini istemediğim için kerhen evet diyorum noktasına getirdim,' dedi. Ben de, 'Senden korkulur kızım,' dedim."

"Peki o ne dedi?"

"'Kork vallahi kız,' dedi. 'Ama o gün sevişirken kendimi çok mutsuz hissettim. Çünkü sevişirken en büyük zevkim ters ilişkiye girmek. Metin'e bunu nasıl söyleyebilirim? Koskoca adam benim hakkımda sence nasıl düşünür? Kadın sapık çıktı, demez mi? Söyle bakayım, sen bu ters ilişkiden zevk almayı nereden öğrendin, diye çıkışmaz mı? Yalnız bir gün gelecek Metin'e de bunu yaptıracağım. Ama şimdi kuyruğu dik tutmanın zamanıdır. Hadi artık kapatıyorum. Metin hazır işteyken, ben de öğlen yemek arasını fırsat bilip Murat'a gideceğim. Çocuk hazırlanmış, beni bekliyor,' demez mi? 'Hiç değişmeyeceksin değil mi?' diye çıkıştım. 'Sen kendine bak,' dedi. Bir an için haklı olduğunu düşündüm. Çağla ile yaklaşık iki hafta sonra telefonda tekrar görüştük. 'Bu akşam sana geleceğim. Anlatacaklarımı duyunca gülmekten altına edeceksin. İş çıkışında senin evde buluşalım,' dedi."

"Buluştunuz mu?"

"Tabii ki buluştuk. Kaçırır mıyım hiç? Çağla akşam sözleştiğimiz gibi bana geldi. Hemen bir yorgunluk kahvesi yaptım. Kahvemizi yudumlarken, Çağla başladı anlatmaya."

KADININ FENDİ

"'Kadının fendi, erkeği yendi' lafını boşuna söylememişler. Bu erkek milletinin bu kadar saf olduğuna inanamıyorum. Bazen numara yaptıklarını düşünüyorum. Ama davranışları benim bu düşüncelerimi çürütüyor. En akıllı geçineni bile kurusıkı tabanca gibi. Çat çat ses çıkarmaktan başka bir işe yaramıyor.

"Benim zavallı nişanlım Metin de bu çat çatlardan biri.

"Anladım ki bu herifin gözü açılana kadar bayağı bir boynuz yemiş olacak. Geçen akşam eve yemeğe davet ettim. Onun için çok güzel yemekler hazırladım. Kıymet gördüğünü anlasın istedim. Odanın her tarafını mum ışıkları ile donattım. Benim süzme salağı göreceksin, bu yaptıklarım karşısında nasıl ezildi. Yemeğe oturken kadehlere şarapları koydum. Işıkları kapattım. Oraya buraya yerleştirdiğim mumları yaktım. Adamcağız tam anlamı ile mest olmuştu. Herhalde kafasından o an için bütün hemcinsleri gibi şunu geçirmişti: 'Her şey tam istediğim gibi, gecenin sonunda bir de tatlı niyetine sevişsek harika olur.' Bu düşüncelerini gözlerinden okuyordum ama maalesef o benim aklımdan geçenleri okuyamıyordu: 'Bu adamla bu gece deliler gibi sevişeceğim. Masada açık duran iki şişe şarap da bunun göstergesi. Sadece niyetimi ortaya koymadan önce, biraz kontrolü kaybetmek gerekiyor. Bunu da en iyi şaraplar sağlayacak.'

"Metin'e baygın baygın bakarken içimden onunla konuşmaya devam ettim: 'İkimiz için de uzun bir gece olacak aşkım. Sabaha kadar uyumayacağız. Seni içimde istiyorum. Ama bu normal bir isteme değil. Sevişirken beni arkadan becermeni istiyorum. Korkma, kadınlık duygum kırılmaz. Böyle seviş benimle, desem eminim ki, bana karşı güvenin sarsılacak. Başka erkeklerin de benimle böyle sevişip sevişmediklerini düşüneceksin. Bu isteğimin, benim için bir alışkanlık olup olmadığını kafanda sorgulayacaksın. Bir sevişmeye başlayalım, bu isteklerimi sana tek

tek yaptıracağım. Ben zevk alırken, daha sonra sen beni ters ilişkiye zorlamış olacaksın ve bunun bedelini bana ağır ödeyeceksin.'"

Çağla'yı dinlerken kahvenin telvesi boğazıma kaçtı. Öksürürken bir an nefesimin kesildiğini sandım. Çağla, mutfağa koşarak bir bardak su getirdi. Bardağı kafama diktim. Gözlerim yerinden fırlamış gibiydi.

Çağla, "İyi misin?" diye sordu.

Derin bir nefes alarak, sessizce kafa salladım.

Çağla'ya bakarak, "Kahvenin telvesi mi, yoksa senin lafların mı boğazıma kılçık gibi kaçtı anlamadım." dedim. "Sen beni bırak, o geceyi anlatmaya devam et. Seni tanıdığım için adamın başına ne çoraplar ördün onu merak ediyorum?"

Çağla gülümsedi. Ardından bir sigara yaktı.

BÜYÜK TEZGÂH

Yüzünde şeytani bir ifade ile anlatmaya devam etti:

"Metin, geceye gayet iyi başlamıştı. Ortam çok güzeldi. Yemek, kaliteli şaraplar ve her şeyden önemlisi arzuladığı kadın karşısında oturuyordu. Böyle bir akşam için bir erkek başka ne isteyebilir ki? Karnını doyurmuştu. Şimdi sevişmek için fırsat kollamaya başlamıştı. İkide bir şarap kadehlerini, 'Bize içiyorum', 'Şerefine', 'Aşkıma' diye havaya kaldırıyordu. Anladım ki, herif azmaya başlamıştı.

"Hiç düşündün mü bir kadın olarak? Şu erkekler, sevişmek istediklerini niye hep dolaylı yollardan belli etmeye çalışıyorlar? Çevremde dönüp duruyordu. Bir türlü bitiş noktasına gelemiyordu. Baktım olmuyor, bir öpücük kondurdum dudaklarına. O an durmak aklına gelmişti nihayet.

"O gece seviştiğimiz ilk gece değildi Metin'le. Bunu bilmesine rağmen yine de tedirgindi. Bense kendimi çoktan hazırlamıştım. Metin, benimle sevişmek için takla atarken, 'taş yerinde ağırdır' havasına büründüm. Çünkü onunla ilgili farklı bir planım vardı.

"Metin'in dudaklarına kondurduğum öpücük hızını artırmıştı. Artık bir boğa gibi burnundan soluyordu. Soluk alıp vermesi değişmişti. Kalp çarpıntıları hızlanmıştı. Hemen geriye bir adım attım, onun üstüme gelmesini bekledim.

"Beklemem çok uzun sürmedi. Gece boyunca nasıl olsa kasıklarını sıkıp durmuştu. Artık kasıkları beynine baskı yapmaya başlamıştı. Cinsel istekleri karşısında beyni on sıfır yenik düşmüştü.

"Benim ise bütün gece ilişkinin onun tarafından başlatılmasını beklememin nedeni, kendimi ağırdan satmaktı. Bu işleri sen başlatmış gibi görüneceksin ama son adımı erkeğe attıracaksın. Senin hakkında başka bir fikre kapılmasın diye. Ne de olsa çiçeği burnunda nişanlılarız.

"Gece boyunca onun için hazırladığım bedenimin üstünde tepindi durdu. Deliler gibi seviştik. Ama benim asıl istediğim bu değildi. Bütün mesele bu isteğimi ona nasıl söyleyecektim? Benim iyi aile kızı olduğumdan şüphe duymasını istemiyordum.

"Erkek milleti değil mi? O an ben istiyorum diye beni becerir. Ama bunu sonradan düşünüp kafasına takar. Acaba daha önce başka erkeklerle de ters ilişkiye girmiş miydi, diye sorgulamaya başlar. İşte bu durumları bildiğim için o gece bunu direkt olarak ondan istemedim. Ama benimle ters ilişkiye girmesi için de bildiğim bütün oyunları oynadım ona.

"Bu oyunlar sonuç vermişti. Biraz canımı acıtsa da onu içimde hissettim. O da bu işten zevk almıştı. Belli ki ilk kez böyle bir şeyi bir kadınla deniyordu. Deliler gibi çığlıklar atıyordum. Bu çığlıklar onu iyice çılgına çevirmişti. Uzunca bir süre içimde kaldı. Daha sonra daha fazla ileri gidemedi ve o anda boşaldı.

"Soluk soluğa kalmıştık. İkimiz de heyecandan ve yorgunluktan nefes alamıyorduk. Bacaklarımın titrediğini hissettim. Bir sigara yaktım. Sigarayı yarılamıştım ki, Metin bana seslendi: 'İyi misin aşkım?'

"'Hayır,' dedim. 'Kendimi çok kötü hissediyorum. Benim kadınlık duygularımla oynadın. Hiç de sağlıklı olmayan bir ilişkiye zorladın beni. Bu ahlaksızlığı bana nasıl yaparsın?' diye ağlamaya başladım.

"Öyle bir ağlıyordum ki, Metin'in bana söylediklerinin tek kelimesini bile duymuyordum. Uzunca bir süre yatağın içinde kaldım. Sonra birden elime ne geçirdiysem, Metin'in kafasına fırlatmaya başladım. Adamcağız ne yapacağını şaşırdı. Fazla dayanamadı ve beni odada bırakıp salona geçip oturdu. Odanın kapısından gizlice ona baktım. Bir sigara yakmıştı ve, 'Allah belanı versin. Bu akşam kadıncağıza ne yaptın?' diye kendine kızıyordu. Koskoca adam utancından iki büklüm olmuştu."

PIRLANTA DA HEDİYESİ

"Ağlama rolünü sürdürürken bir taraftan da yaşadıklarımın heyecanı bedenimde dolaşmaya devam ediyordu. Artık ilk adımı atmıştık. Nasıl olsa bir kere yaşanmıştı. Önemli olan da bu ilk adım değil miydi? Sonrası daha kolay gelecekti.

"Su almak için mutfağa gittim. Mutfağın kapısında Metin'le göz göze geldik. Bana süt dökmüş kedi gibi sevimli sevimli bakıyordu. Burnumu çektim. Gözlerimin yaşını sildim. 'Bunu bana nasıl yaparsın, aşağılık herif?' dedim. Elimdeki su dolu bardağı kafasına gelmeyecek şekilde fırlattım. Tekrar odama girdim ve uykuya daldım. Uyandığımda o gitmişti.

"Kendimi hemen banyoya attım. İlk işim aynaya bakmak oldu. Gözlerim davul gibiydi.

Gözlerimi kendi gözlerime diktim. Bir çift acımasız gözün bana baktığını gördüm. Ürperdim. Gözlerimi gözlerimden kaçırdım. Daha fazla kendime bakamadım. Anladım ki geceye damgamı vurmuştum.

"Sabah evden çıkınca, içimde nedense bir huzur hissettim. Ayaklarım yere basmıyordu. Sanki parmaklarımın ucunda yürüyordum. Ellerimi havaya uzatsam bulutları tutacak gibiydim.

"İşe geldim. Kendime çay yaptım. Pencereden dışarı baktım. Gece yaşadıklarımızı düşünürken, gözüme karşıdaki kuyumcunun vitrini takıldı. Kuyumcu, vitrine takıları diziyordu. Aklıma hemen Metin'in bugün beni arayıp özür dileyeceği geldi. Kafamda bir şimşek çaktı. Fincanı elimden bıraktığım gibi hemen kuyumcuya koştum.

"Kuyumcunun vitrine dizdiği takılara göz attım. Daha sonra içeri girdim. En pahalı ve en güzel yüzüğü göstermesini istedim. Birkaç yüzük gördükten sonra beğendiğim yüzüğü ayırttım. Kuyumcuya, bugün öğle tatilinde gelip alacağımı söyledim. Bir de ricada bulundum. Bu sabah buraya gelip bu yüzüğü ayırttığımı kimseye söylememesini tembihledim.

"Ofise geri döndüm. Metin'in beni aramasını bekledim. Kendisini affettirmek için arayacağından adım gibi emindim. Ben bunları düşünürken, sevgili kuşum beni aradı. 'Nasılsın aşkım iyi misin?' dedi. 'Bilmiyorum,' diye cevap verdim. Yorgun ve üzgün numarası yapıyordum. 'Gözlerim şiş vaziyette. Yaşadıklarım beni biraz üzmüş olmalı. Bir de galiba çok fazla tepki gösterdim. Kusura bakma. İlk kez böyle bir ilişki yaşadım. Senin anlayacağın hiç alışık olmadığım bir şeydi bu. O nedenle seni de dün gece üzdüm istemeden. Ama bilmelisin ki, ben iyi bir aile kızıyım. Nedense bunu kadınlığım ile bağdaştıramadım. Kendimi aşağılanmış hissettim,' dedim.

"Metin, kulağını açmış beni dinliyordu. Yalandan ağlıyormuş gibi derinden bir iç çektim. Metin hemen bunun üzerine söze atıldı: 'Aşkım n'olur artık ağlama. Geceden beri ağlıyorsun. Böyle bir kadın olmadığını biliyorum. Ben de nasıl olduğunu inan ki anlamadım. Her şey bir anda oldu. Önce senin böyle olmasını istediğini sandım. Ama şimdi ne kadar yanıldığımı anlıyorum. Bugün öğlen birlikte yemek yiyelim. Sana kendimi affettireceğim,' dedi."

Ağzım açık dinlerken, Çağla'nın bana seslenmesi ile kendime geldim:

"Sen beni dinliyor musun?"

Kafamı sallayarak, "Evet," dedim.

Bir kadının ne kadar güçlü ve acımasız olabileceği karşısında nefesim kesilmişti.

Şimdi daha iyi anlıyordum bazı kutsal kitaplarda şeytanın niçin kadın kılığında göründüğünü.

"Devam et," dedim Çağla'ya.

"Metin telefonu kapattıktan beş dakika sonra koskocaman bir çiçek göndermişti. Üstündeki notta şu yazıyordu: 'Umarım beni affetmişsindir.' Hemen cep telefonuma sarıldım ve bir mesaj attım: 'Seni affederim ama bir çiçekle beni kandıramazsın.'

"Metin öğlen işyerime uğradı. Asansörle aşağı inerken bir hediye almak istediğini, bunun seçimini ise benim yapmamı istedi. Ben de biraz nazlandıktan sonra karşıda bir kuyumcunun olduğunu söyleyip, 'Seni hatırlatan küçük bir şeyi parmağıma takmak isterim,' dedim.

"Metin'le dükkâna girdik. Kuyumcuya ucuz bir yüzük baktığımı söyledim. Bana gösterdiği yüzükleri beğenmediğimi söyleyince, başka yüzüklerin de olduğunu, fiyatlarının biraz pahalı olduğunu söyledi. Ben de istemez, dedim. O an Metin hemen atıldı, kuyumcuya dönerek, 'Siz o yüzükleri de getirip gösterin,' dedi.

"Bunun üzerine kuyumcu sabah beğendiğim yüzük de dahil olmak üzere birkaç tane yüzüğü getirdi. Hepsini parmağıma takıp çıkardıktan sonra, beğendiğim yüzükte karar kıldım. Metin, fiyatına hiç ses çıkarmadan, kuyumcuya paket yapmasını söyledi.

"O pahalı yüzüğü almamak için kıvıracak durumda değildi. O an kafasından geçen tek düşünce: 'Bedelini öde ve nişanlının kalbini tekrar kazan'dı.

"Metin'in elinden tuttum. Dudaklarına bir teşekkür öpücüğü kondururken, hayretler içinde bizi izleyen kuyumcuya da bir göz kırptım. 'Sen de bunları anlamazsın. Nasıl olsa bir erkeksin,' gibisinden."

* * *

Eylem'den Çağla'nın hikâyesini dinlerken dehşete kapılmıştım. Eylem'e bir soru sormak istedim ama cesaret edemedim. Ne de olsa o da bir kadındı. Onun da bir kadınlık gururu yok muydu?

Cesaret edebilmiş olsaydım, şunu soracaktım:

"Bir kadın bir kadını anlatırken, kendisinden de söz etmiş olur mu?"

BEŞİNCİ İTİRAF
ŞEYTAN

"Kadın, her şeyi gören gözü bile aldatır."

Dostoyevski

ŞEYTANA PABUCUNU TERS GİYDİREN KADIN

ABD'de büyük kasırgalara hep kadın isimleri verilir.

Amerikalılara göre bunun nedeni, kasırganın tutkulu bir kadın zekâsına sahip olması...

Amerikalılar, kasırganın aynı bir kadın gibi insanlarla oynadığına, sürekli yön değiştirip aldattığına, hiç beklenmedik yerlere gittiğine, sürekli hayal kırıklığı ve acı verdiğine inanırlar.

Kadın gerçekten kasırga gibi midir?

Kadın sürekli fikir mi değiştirir?

Kadın ilişkilerinde sadece acı mı verir?

Evet, galiba öyle!

Bütün bu sorulara kafamda cevap ararken, tutkulu bir kadın olan Demet geldi aklıma.

Demet de 'kasırga' gibi gerçekten karşısındaki erkekle oynuyor muydu? O da bazı hemcinsleri gibi oyuncu muydu?

Demet'in hayat hikâyesini dinlediğimde ona şapka çıkarmıştım. Bir erkek olarak böyle bir kadının eline düşmek, yaşarken ölmekle eşdeğerdi?

Ama ilişkilerde her zaman bir taraf bir bedel ödemiyor muydu?

Demet'in bir dönem ilişki yaşadığı Ersin, sadece bunlardan biri değil miydi?

Peki bir sonraki kurban kim olacaktı?

Demet'in masum güzelliğine hangi erkek karşı koyabilirdi?

Bir meleğin kötülük yapacağını kim düşünebilirdi ki?

Demet gibi bir kadın erkeklerin amiyane tabiri ile 'kabuğu sert' kadınlardan birisi değil miydi?

SİLİNEN MASUMİYET

Demet için galiba ben de 'kabuğu sert' erkeklerden birisiydim. Beni tanıdığı anda beyninde tartıp gözden çıkardığını sezdim. O gece rakı masasında ilişkiler üzerine kestiğim ahkâmlar onu son derece rahatsız etmişti.

Kırbaçlandığını hissettim. Acı çektiği son derece belliydi. Galiba bilmediğim bir yarasına parmak basmıştım. Ama bunun ne acısı olduğunu kestiremiyordum.

Peş peşe yuvarladığı rakı onu sonunda çarpmıştı. Alkol her zamanki gibi yapacağını yapmış, şişede durduğu gibi durmamıştı.

Yüksek bir ses tonu ile bana bağırdı:

"Sen kendini bir bok mu sanıyorsun? Senin gibi kırk bin tane erkeği sulu götürür, susuz getiririm ben."

Demet'in masumiyetinin kaybolmaya başladığını gördüm. Masada oturan ve her ikimizin de çok yakın arkadaşı olan Aslı, yüzüme baktı. Aslı'yla bakışırken şaşkınlığımı gizlemeye çalıştım.

Demet, konuşmaya devam ediyordu: "Bir kadının neler yapabileceğine inanmıyorsan Aslı'ya sor. Karşımda oturup bana kadınlar hakkında ahkâm kesme. Sen bir kadını ne kadar tanıyabilirsin ki? Yoksa sen erkek değil misin? Şayet karşımda oturan bir erkekse aptallığının hangi tarafından başlamamı istersin?"

Demet'e karşı istemeden sesimin tonunu yükselttim:

"Peki sen kendini ne halt zannediyorsun?"

"Benim ne halt olduğum seni ilgilendirmez," dedi.

Aslı hemen söze girdi:

"Kesin artık bu aptalca bağrışmayı. İkiniz de çok sarhoşsunuz. Hesabı isteyelim ve buradan hemen kalkalım."

Daha sonra Demet'e dönerek gözlerinin içine anlamlı bir şekilde uzun uzun baktı: "Kendini burada da göstermenin anlamı yok. Eminim senin kim olduğunu öğrendiğinde sana saygı duyacaktır. Ama bu akşam yeri değil," dedi.

Demet ve ben Aslı'nın arkasına takılarak İstiklâl Caddesi'nde yürümeye başladık. Bir ara gözüm Demet'e takıldı. 'Ne kadar güzel bir kadın,' diye geçirdim içimden. Karşıdan gelen bir sürü erkek çaktırmadan ona bakıyordu. Doğrusu bakılacak ve süzülecek bir kadındı.

Meydana geldiğimizde Aslı'nın sesini duydum: "Bu akşam için kusura bakma," dedi. Yanaklarımdan öptükten sonra, "İyi akşamlar," dedi. Bir taksi çevirdi. Demet'le birlikte arka koltuğa oturdular. Arkalarından baktığımda Demet'e el kol hareketi ile bir şeyler anlattığını gördüm.

Demet ayrılırken iyi akşamlar bile dememişti.

İçimdeki ses arkasından, 'Aşağılık sürtük!' diye bağırıyordu.

ERTESİ GÜN

Ertesi gün, sabah kalkar kalkmaz Aslı'yı aradım.

"Dün geceyi sana zehir ettiğimiz için özür dilerim. Beni az çok tanıyorsun. İnan ki böyle olmasını istemezdim. Bir anda senin kız, alev gibi parlayınca ne yapacağımı şaşırdım."

"Boş ver," dedi Aslı. "Yine her zamanki gibi sürtüklüğünü yaptı. Şanslı bir erkeksin. Sana karşı direkt içindekini kustu. Bir de zehrini damıtarak felç ettiği erkekler var ki; iyi ki o ânına rastlamadın."

"Eğer akşam yanında yine o kadın olmayacaksa buluşabiliriz. Hatırlarsan dün gece Demet bana bir kadını nasıl iyi tanıyabilirsin ki, demişti. Sana sormamı tavsiye etmişti. Bu akşam senden bu sorunun cevabını duymak istiyorum. Kim bu kadar kendinden emin konuşan kadın? Niçin sen de onun karşısında şapka çıkarmam gerektiğini söyledin?" dedim.

"Bu sorulara cevap vermek kolay," dedi Aslı. "Sen kaçta nerede buluşacağımızı söyle."

"Sekizde Ara Cafe'de."

Bütün gün Demet'in hikâyesinin ne olabileceğini kendi kendime sorup durdum. O masum güzelliğinin altında nasıl bir şeytanlık olabilirdi? Kafamda birkaç senaryo yazdım. Senaryo bir: Masumiyetini bir maske olarak kullanıp bir erkeğin parasını yiyordu. Senaryo iki: Dişiliğinin farkında olan güzel kızımız erkeklere gösterip de vermiyordu. Erkekleri peşinden koşturup onlarla dalga geçmeyi seviyordu. Senaryo üç: Bu lanet kadın bunları yapmıyorsa başka ne gibi cinlik yapmış olabilirdi?

Hikâyesini öğrendiğimde nasıl şapka çıkartacaktım? Aslı öyle söylememiş miydi? Önünde diz çöküp saygı duyacağın bir kadın dememiş miydi? Bütün bu sorular kafamı meşgul ederken, ben sanki şafağın sökmesini değil de, karanlığın bir an önce çökmesini ve Aslı'yla buluşmayı istiyordum.

Aslı ile sözleştiğimiz gibi Ara Cafe'de buluştuk. Hemen kahveleri söyledim. Aslı, yüzüme bakarak güldü.

"Bu hız da ne böyle? Acelen mi var?"

"Bırak espri yapmayı da çabuk anlat bu kızın hikâyesini bana. Bütün gün kafamda senaryo üretmekten aklımı kaybedecektim. Şimdi ben susacağım, sen konuşacaksın."

Aslı'nın eli sigara paketine uzandı. Bir tane sigara yaktı. "Neresinden başlasam?" dedi ve derin bir soluk alarak anlatmaya koyuldu.

TANIDIK BİR YÜZ

Her ne kadar bir kadın olarak Demet'in yaptıklarını savunmasam da zekâsı beni her zaman etkilemiştir. Güzel kadınlar aptal olur sözüne sakın inanma. Demet ile üniversitede okurken tanışmıştım. Aynı sınıftaydık. Üniversitenin üçüncü yılında ancak samimiyet kurduk. Demet yurtta kalıyordu. Ben de kiraladığım evde yalnız yaşıyordum. Ve artık yalnızlık canıma tak etmişti. Bir gün konuşurken niçin bende kalmadığını sordum. Yurttan taşınıp bana yerleşebileceğini söyledim. Bu teklife sıcak baktı. O da yurttan sıkılmıştı zaten. Bu konuşmamızdan kısa bir süre sonra bana yerleşti. Güzel bir kız olduğu için üniversitenin bütün erkekleri peşinden koşuyordu. Ama o hiçbirine gerçekten yüz vermiyordu. Zaman

zaman kısa süreli ilişkileri oluyordu. Erkeklerin kendisini anlamadığından yakınırdı. Hiç unutmam, bir gün etrafındaki bütün erkeklerin aptal olduğunu söylemişti.

Okuduğumuz şehir İstanbul'a çok yakındı. Her ikimizin de ailesi İstanbul'da olduğu için sık sık İstanbul'a geliyorduk. Bir keresinde sınav döneminden çıktığımız günlerden biriydi. Demet'e hafta sonu İstanbul'a gideceğimi söyledim.

"Birlikte gidelim," dedi. "Ben de Ersin'i özledim. Hafta sonunu onunla geçiririm."

O güne kadar Ersin ismini duymamıştım. Kim olduğunu sordum.

"Erkek arkadaşım," dedi. Sonra benden özür dileyerek, "Ersin, bir yıldır birlikte olduğum bir erkek. Bunca zamandır senden sakladım. Çünkü Ersin evli barklı bir insan. Tepki göstermenden korktum," diye itirafta bulundu.

Ben de, "Sen seviyorsan benim için önemli değil," dedim içtenlikle. "Hayat senin hayatın. Böyle bir karar aldığın için seni eleştirmem doğru olmaz. Yapacağım tek şey, bu durumdan dolayı üzülmemeni dilemektir," dedim.

Demet'le cuma akşamı otobüse bindiğimiz gibi İstanbul'a geldik. Bizi garajda Ersin karşıladı. Orta yaşın üstünde, yakışıklı ve anladığım kadarı ile de paralı bir erkekti.

Demet Ersin'e dönerek, "Sana sözünü ettiğim ev arkadaşım Aslı," dedi. "Kendisi dünya tatlısı bir kızdır." Ersin'e dönerek Demet'in hakkımda söylediklerini abartı olarak kabul etmesi gerektiğini söyledim. Ersin ile Demet beni eve bırakmayı teklif ettiler. Hayır dediysem de dinletemedim.

Arabadan inerken Demet bana seslendi:

"Aslı, ben bu hafta sonu İstanbul'a gelmedim. Beni ailemin yaşadığı evden değil de cep numaramdan arar mısın? Ailemin geldiğimi bilmesini istemiyorum," dedi.

Ben de, "Peki," dedim. "Yalnız ben pazar akşamı dönmeyi düşünüyorum. Sen de dönmek istersen beni ararsın." Ersin'e de hoşçakal dedikten sonra yanlarından ayrıldım.

İki gün boyunca Demet'in sesi soluğu çıkmadı. Ben de aramak istemedim. Sevgililer doyasıya hasret gidersinler, diye düşündüm. Pazar akşamı Demet'i cep telefonundan aradım. Benimle dönüp dönmeyeceğini sordum. Geleceğini söyledi.

Demet'le akşamüstü otogarda buluştuk. Demet'i yolcu etmeye Ersin gelmişti. Vedalaştıktan sonra otobüse bindik. Otobüs hareket ederken Demet benden özür diledi. "Kusura bakma," dedi gülerek. "Seni arayamadım. Sen de bir kadınsın, anlarsın işte. Birbirine hasret iki sevgilinin yapacağı gibi biz de evden dışarı çıkmadık. Baş başa kalmayı tercih ettik. İnanır mısın? Bacaklarım bedenimi zor taşıyor."

Kısa bir gülüşmeden sonra, "Evli bir erkekle birlikte olmak zor değil mi?" diye sordum. Şimdilik bir zorluk yaşamadıklarını söyledi.

"Ersin, bu hafta sonu kaçamağı konusunda karısına iş seyahati için İstanbul dışına çıktığını söylemiş. İki gün boyunca biz de zaten bir samimi arkadaşının evinde kaldık. Üstelik doğrusunu söylemek gerekirse bu beni pek ilgilendirmiyor. Hesap vermesi gereken ben değilim. Bu tür sorunları kendisi düşünsün ve çözsün. Bütün bunları boş ver. Bak sana ne göstereceğim. Bana tek taş pırlanta yüzük almış. Oldukça pahalı bir şeye benziyor."

Demet'in parmağındaki yüzüğe bakarken, bir taraftan da ev arkadaşımı tanımaya çalışıyordum. Sonra içimden bir ses, 'Boş ver. Sana ne onun yaşadığı hayattan,' diye fısıldadı.

HAFTA SONU TATİLİ

Ersin'i o hafta sonu İstanbul'dayken tanıma fırsatı bulamamıştım. Bir gün bizim okuduğumuz şehre geldi. Ne yalan söyleyeyim çok keyifli ve iyi bir insandı. İstanbul'da kendine ait bir şirketi vardı. Demet ile aralarında yaş farkı olmasına rağmen ona aşırı derecede ilgi duyuyordu. Demet de güzelliğini son derece iyi kullanabilen bir kadındı doğrusu.

O gün ilişkilerini masaya yatırmadım ama bizim kız resmen Ersin'in aklını başından almıştı. Ersin ise bütün aptal erkeklerin yaptığı gibi Demet'i nasıl tavladığını anlatıp duruyordu. Ersin'i dinlerken içimden, 'Vah zavallı herif!' diye geçirdim.

Demet'i kafamda sorguladım. Aklımdan geçen şeylerin doğru olup olmadığına mantığımla karar veremedim. Genç bir kadın, evli bir erkekten ne beklerdi? Sonunda bunu bir gün Demet'e sormaya karar verdim.

Kahvelerimizi bitirdikten sonra, Ersin'i kolundan tuttuğumuz gibi sokağa attık. "Buraya kadar gelip de tarihi yerleri göstermeden seni buradan göndermeyiz," dedim.

Bütün gün ayaklarımıza karasular ininceye kadar şehri bir baştan bir başa dolaştık.

Akşam olmuştu. Ersin akşam yemeğini dışarıda yemeyi teklif etti. Ben âşıkların baş başa kalması için özür dileyerek yalandan bir mazeret uydurdum. Demet yalan söylediğimi anlamıştı ama o an için sesini çıkarmadı.

Eve geri döndüm. Günün getirdiği yorgunlukla ağzım açık bir şekilde pestil gibi oturduğum yerde uyuyakalmışım. Sabahın ilk ışıkları ile gözlerimi açtığımda Demet'in gece eve gelmediğini anladım. Ersin ile muhtemelen bir otelde kalmışlardı.

Öğleden sonra evde televizyon seyrederken kapının zili çaldı. Demet ile Ersin karşımda duruyorlardı. İçeri girmelerini söyledikten sonra hepimize birer kahve yaptım. Ersin kahvesini bitirdikten sonra artık İstanbul'a döneceğini söyleyerek izin istedi. Ersin'i yolcu etmek için Demet de onunla birlikte aşağıya kadar indi.

Demet geri döndüğünde ağlıyordu.

"Ne oldu?" diye sordum.

"Şu lanet karısından nefret ediyorum. O kadının varlığı beni rahatsız ediyor," dedi hıçkırarak. Odasına kapandı ve akşama kadar dışarı çıkmadı.

Anlaşılan duygusal bir an yaşıyordu. Genç ve güzel bir kadın, evli bir erkeğe gönlünü kaptırmıştı. Bazı şeyleri üstelemedim. Halbuki karşıma alıp konuşmak istiyordum Demet'le. Yine içimdeki ses, 'Boş ver,' dedi.

O günden sonra onunla ilişkisi hakkında konuşmama kararı aldım. Birkaç hafta sonra yine bir hafta sonu kaçamağı yapmak için İstanbul'a gitmeye karar verdim. Demet'e birlikte gitmeyi teklif ettim. Bana, "Sen git," dedi. "Ben burada kalıp biraz dinlenmek istiyorum."

"Peki. Sen bilirsin," dedim.

Cuma akşamı yola çıktım. Gece geç saatte eve varmıştım. Kapıdan içeri girer girmez kafayı vurduğum gibi uyudum. Sabah annemin sesi ile uyandım. Bana sesleniyordu: "Benim tembel, uykucu kızım. Hadi artık kalk. Öğlen oldu. Birlikte kahvaltı yapalım."

Kalktım bir duş aldım. Kahvaltıya oturduk. Annem ile sohbet ederken telefonum çalmaya başladı. Telefona bakıncaya kadar içimi bir huzursuzluk kapladı.

Telefonun ekranından beni arayan numaraya baktım. Bildiğim bir numaraya benzemiyordu.

Yes tuşuna dokunup, "Efendim," dedim.

Telefondaki ses hıçkıra hıçkıra ağlıyordu.

"Benim ben," dedi.

"Kusura bakmayın ama tanıyamadım."

"Aslı, ben Birgül."

Kafam karışmıştı. "Hangi Birgül?" diye sordum.

"Üniversiteden sınıf arkadaşın," dedi. "Biliyor musun bugün ne oldu?"

"Hayır. Zırlamayı kesip anlatırsan öğreneceğim."

"Demet."

"Ne olmuş Demet'e?"

"Bu sabah bileklerini keserek intihara kalkışmış. Bir an önce buraya gelsen iyi olur."

Telefonda ağlamaya başladım. Annem koşarak yanıma geldi. "Ne oldu kızım?" diye sordu telaşla.

Ağlayarak annemin boynuna sarıldım. "Anne biliyor musun? Demet bileklerini kesmiş. İntihar etmeye kalkışmış. Bütün bunlar benim yüzümden oldu. Ben buraya gelmeseydim..." dedim.

Annem yüzüme baktı. Bana kızmaya başladı. "Saçmalamayı kes. Bunda senin hiçbir suçun yok. Kendini suçlama."

Kendimi toparlamaya çalıştım. Birgül'ü telefonda unuttuğumu hatırladım.

"Alo. Alo... Birgül orada mısın?"

"Evet," dedi.

"Demet'in durumu nasıl şimdi?"

"Doktor zamanında müdahale etmiş. Şimdi evde yatıyor."

"Tamam. Ben hemen bir otobüse atlayıp geliyorum."

İNTİHAR SAATİ

Evden nasıl çıktığımı hatırlamıyorum. Bir taksi çağırdığım gibi otogara gittim. İlk bulduğum otobüse bindim.

Yolculuğum sırasında binbir türlü düşünceye daldım. Demet'i yalnız bıraktığım için kendime kızdım. Demet'e kızdım. Demet'i üzmüş olabileceği için Ersin'e kızdım. Neden intihar etmek istedi, diye düşündüm. Kendimce bir neden aradım ama bulamadım.

Bunları düşünürken şehre geldiğimizi fark ettim. Otobüsten indiğim gibi bir taksi çevirdim. Eve gittiğimde ev mahşer yeri gibiydi. Gözüm o anda kimseyi görmedi. Hemen Demet'in yattığı odaya koştum. Bilekleri sargılar içindeydi. Beyaz sargı bezleri kan suyuna batırılmış gibiydi. Sessizce ağlamaya başladım.

Uyuyordu. Başucunda bir hemşire vardı. Hemşire, parmağını dudağına götürerek sessiz olmamı işaret etti. Bir sandalye çektim. Başucuna oturdum. Parmaklarım ile saçlarını okşadım. Sessizce ağladım.

Kendime geldikten sonra salona döndüm. Köşede Ersin'in oturduğunu fark ettim. Şaşırdım.

"Senin ne işin var?" diye sordum.

"Olayı duyar duymaz geldim," dedi. "Hastaneden doktor aradı."

"Peki," dedim. "Hepimize geçmiş olsun. Neyse ki durumu iyiymiş. Ailesine haber veren oldu mu?"

Demet ailesine haber verilmemesini özellikle istemiş. Doktor bey de Ersin'e ulaşınca gerek kalmadığını düşünmüş.

"O zaman iyi yapmışsınız," dedim. "Şimdilik kimseye söylemeyelim. Onlar da benim gibi panik yapmasınlar."

Demet gecenin ilerleyen saatlerinde uyandı. Hemen yanına koştum. "Deli kız," dedim. "Beni bırakıp nereye gidiyordun?"

Ağlamaya başladı.

"O içerde mi?"

"Kim?"

"Ersin."

"Evet. Ne olmuş?"

"Bu gece burada kalmasını istemiyorum. Kendine otel mi bulacak ne yapacaksa yapsın. Lütfen gönder onu Aslı. Keşke sen de gelmeseydin canım. Kızlara o kadar da tembih ettim. Aslı'ya sakın haber vermeyin diye."

"Sen bunları düşünme. Ben şimdi her şeyi organize ederim." Ben odadan çıkarken hemşire bitmiş serumu Demet'in kolundan çıkarıp yenisini takıyordu.

Herkesi yolcu ettikten sonra Ersin'le göz göze geldik.

"Kusura bakma Ersin," dedim. "Demet, senin bu akşam bu evde kalmanı istemediğini söyledi."

Ersin, hiçbir şey söylemeden kapıya doğru yöneldi. "Ona iyi bak," dedi. "Yarın öğlen gibi görüşürüz."

Ersin'i de gönderdikten sonra Demet'in yanına döndüm. Demet yalnız kalmak istediğini söyledi.

Odadan dışarı çıktım. Benimle konuşmak istememişti. Anladığım kadarıyla Ersin'le aralarında tatsız bir şeyler geçmişti. Düşündükçe bana tuhaf gelen birtakım şeyler sezinlemeye başladım. İntihara kalkışan bir kadın hastanede olması gerekirken neden evdeydi? Bütün günün yorgunluğu ve stresi ile uyumuşum. Sabah kalktığımda hemşire başındaydı.

KISKANÇLIK KRİZİ

Öğlene doğru kapı çalındı. Gelen Ersin'di. Bir sürü alışveriş yapmıştı. Zahmet ettiğini söyleyerek paketleri elinden aldım. Daha sonra Demet'in odasına girdi. Hemşire dışarı çıktı. Saatlerce odadan bağırışlar yükseldi. Demet, "Hep senin yüzünden bunlar başıma geldi," diye ağlayarak bağırıyordu. Ersin ise sürekli özür diliyordu. İlerleyen saatlerde ağlama sesleri yerini gülme seslerine bırakmıştı. Birbirlerine, "Seni seviyorum," demeye başlamışlardı.

Ersin odadan çıkıp yanıma geldi. "Kusura bakma," dedi. "Senin de başını ağrıttık. Ben müsaadenizi istiyorum. Hafta arası yine gelirim." Hemşireyi yanına çağırdı. Elini cebine soktu. Bir miktar para çıkarıp hemşireye uzattı. "Ne olur ona iyi bakın," dedi.

Onu kapıya kadar yolcu ettim. Camdan arkasından baktım. Arabasına binip gittiğini görünce Demet'in yanına döndüm. Odaya girdiğimde gördüklerime inanamadım. Demet ayağa kalkmış çantasından çıkardığı parayı hemşireye uzatıyordu. Hemşireye, "Bu para da benden sana," dedi. "Rolünü çok iyi yaptın. Şimdi gidebilirsin. Çok teşekkür ederim."

Kapının önünde donakalmıştım. Ne diyeceğimi bilemiyordum.

Şaşkınlığımı gören Demet, "Ne oldu şekerim? Hayalet mi gördün?" diye sordu.

"Bütün bunlar ne demek oluyor?" diye sorabildim. Salona geçtim. Bir sigara yaktım. Gelip yanıma oturdu. Boynuma sarıldı. Benden özür diledi. Benim İstanbul'dan kalkıp gelmeme sebep olduğu için üzgün olduğunu söyledi.

Uzunca bir süre şaşkınlığımı üzerimden atamadım.

"Hadi kalk," dedi. "Her zamanki gibi orta şekerli bir Türk kahvesi yap. Ben de evi biraz toparlayayım. Kahvelerimizi içerken sana her şeyi anlatayım."

Söylediği gibi kahveleri yapıp salona götürdüm. Demet'e, "Kahven hazır," diye seslendim.

Karşı koltuğa geçti kuruldu. Bir sigara yaktı. Kahveden bir yudum aldı.

"Kız vallahi," dedi, "şu kahveyi senden daha iyi yapan biri var mı?"

"Bırak geyik muhabbeti yapmayı. Ben burada meraktan geberiyorum. Ne anlatacaksan bir an önce anlat."

"Bak şekerim," dedi ve anlatmaya başladı.

"Ben bir kadınım. Asla başka bir kadın için onurumu bir erkeğin ayakları altına sermem. İstanbul'a gittiğin günün akşamı, seninle gelmediğim için pişman oldum. Canım sıkılmaya başladı. Hafta sonu ne yapabilirim diye düşünürken aklıma Ersin'i buraya davet etmek geldi. Son zamanlarda ona karşı büyük bir özlem duymaya başladım. Galiba ona âşık oluyorum. Bir kadın bir erkeğe âşık oluyorsa, erkek o kadından korkmalı bence. Âşık kadın, erkeğin başına her türlü çorabı örebilir.

"Cuma akşamı her zaman yaptığım gibi numaramı gizleyerek Ersin'i aradım. Herifin karısı olduğu için gönül rahatlığı ile arayıp konuşamıyorum tabii. Telefonu bir kere çaldırıp kapadığımda benim aradığımı anlıyor. Bir saat sonra beni geri aradı. Evde olduğunu, yarın arayacağını söyledi. Ben de sinirle, 'Artık arama beni,' dedim. Hafta sonu yalnız olduğumu ve onu çok özlediğimi söyledim. Hafta sonunu benimle geçirmesini teklif ettim. Hiç beklemediğim bir cevap verdi. Kadınlık duygum incindi. Kendimi kötü hissettim. O âna kadar onun için özel bir kadın olduğumu düşünürken, bana sanki orospuymuşum muamelesi yaptı."

"Niçin gelemiyormuş peki?" diye sordum.

"Karısının ertesi akşam doğum günü varmış. O nedenle arkadaşları ile program yapmışlar. Tarabya'ya karısının doğum gününü kutlamaya gideceklermiş. Daha fazla konuşamıyorum" dedi ve suratıma telefonu kapattı. Oturdum o akşam saatlerce ağladım. Şeytan diyordu ki; sümsük karısını telefonla ara ve de ki: 'Benim sevgilimi bana niçin göndermiyorsun?'

APTAL ÂŞIK

O gece Ersin'in karısını aramamak için kendimi zor tuttum. Bir kez daha telefonunu çaldırdım Ersin'in. Beni geri aramadı. Gece boyunca birkaç kez daha aradım ama sonunda telefonunu tamamen kapattı. 'Herhalde karısının doğum gününü bir gün önceden sevişerek kutluyor,' diye düşündüm.

Gece yatağa yattım. Gözüme uyku girmedi. Sinsice bir plan yapmaya başladım. Ersin'i ne olursa olsun yarın akşam yanıma getirtecektim. Benim gibi genç ve güzel sevgilisi dururken o kokoş karısı ona ne verebilirdi ki? Bu düşüncelerle cebelleşirken aklıma bir fikir geldi. Gözlerimin içi gülmeye başlamıştı. Gözkapaklarım daha fazla uykusuzluğuma karşı koymadı. Nasıl olsa hafta sonu benim için renkli ve biraz da sıkıntılı olacaktı.

Sabah erkenden uyandım. Hemen devlet hastanesinde doktor olan Hasan'ı aradım. O salak bana âşık. Zaman zaman bir yerlerde buluşup kahve içiyoruz. Herif tam bir öküz. Ama ne yapacaksın? Herkes mükemmel olmuyor. Bazılarına da gösterip vermeyeceksin. Zamanı geldiğinde o insanı kullanmak için bunu yapman şart. Yaptığım planda Hasan'a ihtiyacım vardı.

Hasan, sabah sabah sesimi duyunca heyecanlandı. Kendi kendime salağın derdine bak dedim, bir de kızım kendi derdine. Sabah sabah bana kur yapmaya başladı öküz. Neymiş efendim, sabahleyin benim gibi güzel bir kızın sesi ile uyanmak ne kadar güzel bir şeymiş. Delirmek içten bile değil. Ama ne yapacaksın, Aslıcığım. Dereyi geçerken at değiştirmemeliydim. Pardon öküz diyecektim.

Her neyse... "Hasan," dedim. "Seninle önemli bir konu hakkında konuşmak istiyorum. Daha doğrusu bana yardımcı olmanı isteyeceğim canım." Tabii Hasan canım lafını duyunca benim için Roma'yı bile yakabilirdi. Öküz'ün anladığım kadarı ile yağları erimişti.

Yaklaşık bir saat sonra Hasan'la Değirmen Cafe'de buluştuk. İki çay söyledik. Çaylarımızı yudumlarken bana aptal aptal baktığını sezdim. Bu, tam bir âşık bakışıydı. Hemen kendimi toparladım. Ersin ile ilgili planımı uygulamak isterken başka bir erkeği karşıma almamalıydım.

"Bak Hasan," dedim, "benim çok sevdiğim ama aynı zamanda sinir olduğum bir erkek akrabam var. Çünkü en son bana 1 Nisan'da eşek şakası yaptığında herkese rezil olmuştum. Ondan bunun intikamını alacağımı söylemiştim. Şimdi aklıma bir fikir geldi. Bana yardım edersen," -bu arada eline hafifçe dokundum-, "ondan intikamımı almak istiyorum."

Hasan, "Sen delisin," dedi.

"Boş ver," dedim. "Kim akıllı ki?"

"Ben nasıl yardımcı olabilirim sana?" diye sordu.

"Çok kolay," dedim. "Bana intihar etmeye kalkmış süsü vereceğiz."

Hasan, bu sözleri duyunca rengi attı. "Olmaz," dedi. "Bu çok ağır bir eşek şakası. Ben bu işte yokum."

Elimi avcunun içine doğru uzattım. Masanın altından bacaklarımı bacaklarına değdirdim. "Hadi canım," dedim. "Korkma. Korkulacak hiçbir şey yok. Ben her şeyi ayarladım. Bak sen bu işte bana yardımcı ol, ben de sana bu yardımın karşılığını öderim."

Hasan bu lafı duyunca o an aklının uçkuruna gittiğini anladım.

"Peki," dedi. "Planın ne? Bu iş hastanede olursa polis devreye girer. Adli bir olay olduğu için polis rapor tutar. Bunu yapamayız."

"Hastaneyi boş ver. Benim planım şöyle; ben bunalıma girip bileklerimi kesiyorum. Bileklerim kan revan halindeyken hastaneye kaldırılıyorum. İşte oradaki doktorum sen oluyorsun. Bana müdahalede bulunuyorsunuz. Bileklerime dikiş atıyorsunuz. Sonra sargı bezi ile sarıp sarmalıyorsun. Bu işi aslına uygun yapacaksın. Daha sonra durumum iyi olduğu için eve gönderiyorsun. Evde yalnız olduğum için parasını benim ödeyeceğim ve senin de güvenebileceğin bir hemşire evde bana bakıyor olacak. Akrabam gelip gittikten sonra hemşire gidebilir. Benim cep telefonumdan Ersin'i arayacaksın. Ben Doktor Hasan, diyeceksin. Nereden aradığını söyleyeceksin. Demet diye bir yakınınız var mı diye sorduğunda, o da evet diyecek. Üzgün bir ses tonuyla benim intihara teşebbüs ettiğimi söyleyeceksin. Kimi arayacağını bilemediğini, cebinden en son aranan numara onunki olduğu için onu aradığını açıklayacaksın."

Hasan, yüzüme baktı. Kendini kaybetmiş gibiydi. Ne konuştuğunu bilmiyordu. O gün anladım ki bu adam süzme öküzdü. Bana bu planımı dinledikten sonra verdiği cevap şöyleydi: "Senin gibi güzel ve masum bir kadın böylesine sinsice bir planı nasıl yapabilir?" Güzeller salak olur diye bir kural mı var, diye çıkışacakken kendimi tutup alttan almaya başladım. Tekrar bacağımı bacağına sürttüm hafiften.

KADININ/ŞEYTANIN FENDİ

Sonunda yelkenleri suya indirdi. "Peki, ama bir şey sorabilir miyim?" dedi.

"Tabii," dedim. "Yaptığımız bu eşek şakası gerçekten çok ağır. Benim meslek hayatımı bitirebilir. Ama biliyorsun sana karşı koyamıyorum. Senin akraban attığımız yemi yiyip buraya geldiğinde hastaneye giderse, ne olacak?"

"Korkma, bir şey olmaz," dedim. "Seni riske atacak hiçbir şey yapmıyorum. Sen benim cebimden aradığın zaman kendi numaranı da ver. O gelene kadar seni birkaç kez arayıp sağlık durumum hakkında sorular sorar. Sen de durumumun iyi olduğunu, hastaneden çıkarıp bir hemşire refakatinde eve gönderdiğinizi söylersin. O da hastaneye değil eve gelir böylece."

Ben Hasan'ın yanından ayrılırken arkamdan seslendi: "Hemen bir eczaneye git. Birkaç kutu sargı bezi al. Birkaç şişe de tentürdiyot almayı unutma. Ben birazdan gelirken sana, evden bir-iki şişe serum ile bir torba kan bulur getiririm."

Hasan'ın bütün söylediklerini aldıktan sonra eve gittim. Beklerken telefonum çaldı. Arayan Hasan'dı. Adresi tarif ettim. Kapıyı açarken dudağına küçük bir öpücük kondurdum. Evde baş başa olmamız onu heyecanlandırmıştı. Hemen işe koyulduk. Sargı bezleri ile bileklerimi sardı. Daha sonra tentürdiyotları sargı bezlerinin üstüne döktü. Gerçekten bileklerim kesilmiş gibi hissettim. Sargı bezlerinden sanki kan fışkırıyordu. Başucuma bir torba hazır kan ile bir de serum koyarken, "Bunları gerekirse yalandan hemşire takar sana," dedi.

Artık her şey hazırdı. Sıra, Ersin'i aramaya gelmişti. Hasan'ın ses tonu heyecandan olsa gerek değişmeye başlamıştı. Ersin'in numarasını bulduktan sonra 'yes' tuşuna bastım. Telefon çalıyordu. Telefonu hemen Hasan'ın eline tutuşturdum. Ersin, telefona cevap verdi.

Hasan, yutkunduktan sonra, "Ersin Bey'le mi görüşüyorum?" dedi.

Ersin, "Evet," dedi.

"Kusura bakmayın, sizi rahatsız ediyorum. Ben devlet hastanesinden Doktor Hasan Subaşı. Az önce Demet Poyraz adlı bir hanımefendiyi getirdiler. Bileklerini keserek intihar etmeye kalkışmış. İlk müdahalesini yaptık. Şimdilik durumu iyi. Kime haber vereceğimizi şaşırdık. Cep telefonundaki numaralara bakarken, en son aranan numaranın size ait olduğunu gördüm. Yakınlarına haber vermek istedim. Siz yakını mısınız?"

Ersin'in telefonda sesi kesildi.

Daha sonra cılız bir sesle, "Evet. Demet Hanım'ın yakını olurum. Şimdi hemen yola çıkıyorum. Durumu nasıl doktor bey?" dedi.

Hasan, "Hastanın hayati tehlikesi yok," diye cevap verdi. "Ama psikolojik olarak çok kötü durumda. Devamlı ağlayıp duruyor. Ailesinden birileri burada olsa iyi olur. Ben size telefon numaramı bırakayım. Hasta hakkında sizden biri gelene kadar benden bilgi alabilir."

Ersin, "Sizden bir ricam var doktor bey," dedi. "Başka akrabalarına haber vermeyin, lütfen. Üzülmelerini istemem. Şimdi ben arabaya atladığım gibi oraya geliyorum."

Ersin'in bu isteği Hasan'ın da işine gelmişti zaten. "Siz nasıl uygun görüyorsanız öyle olsun," dedi. Telefonu kapadı. Bir çocuk gibi sevindi. Bu oyundan zevk almıştı. Elini havaya kaldırdı. "Çak," dedi.

"Olmaz," dedim. "Bileklerim kesik, görmüyor musun?"

Biz aramızda şakalaşırken hemşire aradı. Hasan'dan adresi istedi. Yirmi dakika sonra hemşire evdeydi. Belli ki Hasan ona güveniyordu.

"Bütün bunlar üçümüzün arasında sır," dedi ve artık gitmesi gerektiğini söyledi.

Ersin'i beklemeye başladım. Hasan evden ayrıldıktan bir saat kadar sonra beni aradı.

"Ersin az önce beni aradı. Birazdan burada olacağını söyledi. Ben de hemen eve yönlendirdim onu. Birazdan damlar," dedi. Birkaç güvendiğim arkadaşıma telefon açtım. Eve gelmelerini söyledim. Eve geldiklerinde beni böyle görünce şaşırdılar. Onlara da bu işin bir şaka olduğunu ve Ersin'in yanında rol yapmalarını istedim. Fakat Ersin geldikten sonra, seni arayan Birgül, tesadüfen sonradan geldiği için olayı o anda ona anlatamadık. O da paniğe kapılmış seni aramış gizlice. Seni buraya sürüklemek istemezdim. Kusura bakma."

* * *

"Demet'i ağzım açık bir şekilde dinlerken son sözlerini de söyledi. Ersin onu hafife almış. 'Ben ona özlediğimi söyleyeceğim. O ise karısının doğum günü olduğunu söyleyip gelmeyecek. Bak istendiği zaman nasıl geliniyormuş? Demek ki karısının doğum günü o kadar da önemli değilmiş. O kadını bana tercih edemezdi. Ben sıradan bir kadın değilim,' dedi bana. O gün Demet'i şaşkınlıkla dinlerken şunu anladım: 'Kadın, şeytana bile pabucunu ters giydirirmiş.'"

Aslı'yı dinlerken, gözüm kül tablasına iliști. Ağzına kadar izmarit doluydu. Hangi aralıkta bu kadar sigarayı içtiğimizi düşündüm. Ersin'in düştüğü zavallı durumunu düşündüm. Hasan'ın düştüğü zavallı durumunu düşündüm.

Kendimi toparladım. Elimdeki son sigarayı, dolu kül tablasına bastırdım.

Aslı'nın yüzüne baktım.

"Peki, Hasan'ın bu işten kazancı ne oldu?" diye sordum.

"Haaa," dedi. "Onu söylemeyi unuttum. Bir akşam evde otururken Demet'in telefonu çaldı. Hasan arıyordu. Ev arkadaşının şehir dışında olduğunu söyledi. Demet'i kahve içmeye davet etti. Demet, kalktı giyindi. Nereye gidiyorsun, diye sorduğumda eski bir hesabı kapatmaya gittiğini söyledi."

Aslı'nın anlattığı bu hikâye karşısında Allaha beni Demet'in şerrinden koruduğu için teşekkür ettim.

Sonra garsondan hesabı istedim.

ALTINCI İTİRAF
BAŞKA BİR KADIN

Kristal cam vitraya bir Fransız Kralı,
elmas uçlu bıçağıyla şu sözleri yazmış:
"Kadın değişkendir. Ona inanan erkekse delidir."

BANA BİZİ GERİ VER

Bir gün ani bir kararla sevgilisi ya da karısı tarafından terk edilen erkek, seks de dahil olmak üzere ilişkisinde her şeyin mükemmel gittiğine inanırdı. Eşlerinin ya da kız arkadaşlarının duyguları konusunda ne kadar az şey bildiklerini yaşadıkları bu tatsız olaylarla öğrenmeye başladılar. Erkeğe yıllardır hep terk edenin kendisi olacağı öğretilmişti. Sevdiği kadının diğer erkeklere karşı cinsel fantezileri veya arzuları olmadığından emindi.

Toprak ana değişime uğradı.

Kadın kendi özgür hayatını yaşamak istedi.

Bu özgürlük ona yeni ilişki oyunlarını öğretti. Kadın için oyunun adı konmuştu:

"Her şeyi yaşa ama inkâr et. Kendini bir erkeğe özel hissettirmek için diğer kadınları kötüle."

Erkek bu yeni oyunun adını bile koyamadı. Çünkü bilmediği bir ilişki tarzıyla karşı karşıyaydı. Kadınlar ise yeni yeni kullandıkları bu silahı tanımak için can atıyorlardı. Aslında bu, 'yalnızlık' oyunundan başka bir şey değildi.

Yalnızlığın reçetesini kadına ve erkeğe kim yazıyordu?

Kadınlar erkeklerin ismini fısıldıyordu.

Erkekler ise kadının adını.

Bütün bu düşünceleri beynimde soğuk ve karlı bir pazar akşamı masaya yatırmışken, kapı çalındı. Kendi kendime söylenerek yerimden kalktım. "Tam sırasıydı," dedim.

Kapıya yönelip, "Kim o?" diye seslendim.

"Benim, Cengiz."

Kapıyı açtım. Yüzü soğuktan kaskatı kesilmişti. Yanında daha önce hiç görmediğim bir erkek arkadaşı duruyordu. İçeri girdiler. Paltolarını çıkardılar.

Mutfağa geçtim. Ocağın üstünde kaynayan sudan iki fincan kahve hazırladım. İçleri ısınsın diye birer kadeh de kanyak koydum.

Salona geçtiğimde Cengiz söyleniyordu:

"Bu ne biçim hava? Bu havada tükürsen inan ki soğuktan yere düşmez."

"Kahveleriniz hazır," dedim.

Cengiz, "Kusura bakma," dedi. "Seni Semih'le tanıştırmadım."

Ben de, "Boş ver," diye karşılık verdim. "Üç kuruşluk aklın vardı zaten, onu da soğuk hava dondurmuş."

Semih'in soğuk elini sıktıktan sonra Cengiz'e, sokak köpeğinin bile dışarı çıkmak istemediği bu havada hangi rüzgârın attığını sordum.

"Seni özledik de geldik."

"Peki o zaman eyvallah."

"Sen ne yapıyordun?"

"Düşünüyordum."

"Neyi?"

"Yalnızlığın yeni kaderimiz olup olmadığını..."

SEVEN ERKEK APTALDIR

Cengiz, Semih'e dönerek, "Allahıma dinime bu herif kafayı yemiş oğlum," dedi.

"Vallahi siz gelmeden önce bunu düşünüyordum. Yalnızlığın reçetesini kim yazıyor diye."

Semih hemen söze atıldı: "Kadınlar."

Cengiz de başını sallayarak Semih'in bu düşüncesini onayladığını belli etti. Anlaşılan karşımda iki yaralı erkek aslan oturuyordu.

"Evli misin?" diye sordum Semih'e.

"Bir ay öncesine kadar evet. Benim yaptığım bir hata yüzünden boşandık."

"Sakıncası yoksa bu hatanın ne olduğunu sorabilir miyim?" dedim.

"Bir başka kadının oyununa geldim. Dilime sahip olamadım ve karımla sevişirken ağzımdan çıkan bir tek kelime ilişkimizi bitirdi."

Semih'i dinlerken anladım ki bu gece uzun olacaktı. Ayağa kalktım. Vitrinden üç kadeh çıkardım. "Viski içer misiniz?" diye sordum.

Başlarını salladılar. Cengiz, "Fena olmaz," dedi. Arkasından da, "Biliyor musun?" diye sordu bana.

"Neyi?"

"Burcu ile ayrıldık."

Cengiz'e, "Hadi ordan," dedim.

"Şaka yapmıyorum oğlum. Cidden ayrıldık."

"Ne zaman?"

"Dün."

"Daha ilişkinizin ateşi bile sönmemiştir. Yarın olsun barışırsınız," diye yorum yaptım.

"Oğlum, sana bir daha dönmemek üzere ayrıldık diyorum. Şu anda tahmin bile edemeyeceğin kadar acı çekiyorum ama ayrıldık diyorum."

Viskileri kadehlere koydum. Sonra JB'nin şişesine baktım.

Bu adamları bu akşam birer kadeh kesmezdi. Cengiz'e baktım. Birden içine kapandı. Bir sigara yaktı. Ateşi söndürüyordu ki, Semih atıldı. "Söndürme. Ben de bir sigara yakayım."

Lafa girdim.

"Evet, dökülün bakalım. Anlatın. Önce hanginiz başlayacaksınız?"

Cengiz, viski bardağını kaldırdığı gibi fondip yaptı.

"Yaz oğlum, yaz. Beni de bu akşam kitabına yaz. Ses kayıt cihazını getir. Anlatacaklarımı kaydet. Bir erkek nasıl beş yıldır eşek yerine konmuş onu yaz. 'Seven Erkek Aptaldır' olsun kitabın ismi."

Cengiz, boşalan bardağını doldururken Semih'e döndüm.

"Karından boşanmana sebep olan olay neydi?"

"Başka bir kadının şeytani aklıydı. Karımla, yani eski karım Çiğdem'le altı yıldır tanışıyordum. Aynı işyerinde çalışıyorduk. İşyerinden arkadaşlarla birlikte hafta sonları Taksim'de eğlenmeye giderdik. Bir süre sonra birbirimize karşı bir şeyler hissettik. Mükemmel bir kadındı. Beni hayatta her konuda zıplatacak bir kadın olarak görüyordum onu. Uzunca bir flört döneminden sonra geçen yıl evlenmeye karar verdik. İkimiz de çok mutluyduk. Fakat bir-iki ay sonra sosyal hayatta yaşadığımız mutluluk yatağımızda kâbusa dönmüştü. Çiğdem, seksten nefret ediyordu. Orgazm sorunu vardı. Bu işlerin hep gereksiz olduğuna inandığını söylerdi. Kendimi sorgulamaya başladım. Aylar geçiyordu ve kendimi psikolojik baskı altında hissettim. Doktora gitmeyi teklif ettim. Bana çok sert tepki gösterdi. 'Bende bir sorun yok,' dedi."

BAŞTAN ÇIKARILMAK

Bu tatsızlıkları yaşarken, işyerinden bir arkadaşımız olan Serap, bir öğlen yemeğinde son günlerde beni çok düşünceli gördüğünü söyledi. Çiğdem ile aramızda yolunda gitmeyen bir şeylerin olup olmadığını sordu.

"Yoo, her şey yolunda," dedim.

"Yalan konuşma," dedi.

Bunu nereden çıkardığını sordum.

"Aramızda kalsın ama olup biten her şeyi biliyorum."

Şaşırdım. "Neyi biliyorsun?"

"Çiğdem'le cinsel hayatınızın olmadığını."

Şaşkınlıktan ağzım bir karış açık kalmıştı. Ne söyleyeceğimi şaşırdım.

Arkasından hemen ekledi: "Sorunun senden kaynaklanmadığını da biliyorum. Ben Çiğdem'e çok söyledim. Yanlış yoldasın. Erkek dediğin sevilmek ister, okşanmak ister. Yatakta baştan çıkarılmak ister. Ama bir türlü anlatamadım."

Çiğdem'in özel hayatımızla ilgili her şeyi Serap'a anlatmış olduğunu anladım. Yemek bitip de masadan kalktığımızda Serap, kendisine söz vermemi istedi. "Bak, bu konuştuklarımız aramızda kalsın. Çiğdem'in bilmesini istemem."

Başımı salladım. Zaten Çiğdem'e ne söyleyebilirdim ki?

İyice rezil olmuşuz da benim haberim yokmuş. O gün düşünceli bir şekilde eve geldim. Duyduklarım canımı sıkmıştı. Çiğdem'e bir şey söylemedim. Yine bir hafta sonu yaklaşmıştı. Bu haftalar da ne çabuk geçiyor, diye düşündüm. Çiğdem, ertesi sabah bir konferans için üç günlüğüne Abant'a gidiyordu. Hafta sonunu yalnız geçirecektim. Sabah kalkıp onu yolcu ettim. Ufak bir kahvaltı hazırladım kendime. Daha sonra arabaya atladığım gibi işyerine gittim. Bir haftanın yorgunluğu herkesin yüzünden okunuyordu.

Akşama doğru arkadaşlar geldi.

"Bu akşam nereye gidiyoruz?" diye sordular.

"Hiçbir fikrim yok," dedim.

Serap hemen söze atıldı: "Her zaman gittiğimiz yere gidelim."

Herkes onayladı.

"O zaman saat sekizde Nevizade'deki Sanat'ta buluşuyoruz."

Karanlık çoktan yüzünü göstermişti. İstiklâl Caddesi'ni bir başından yürümeye başladım. Hava buz gibiydi. Hafiften kar atıştırıyordu. Nevizade'ye geldiğimde bu akşamki gibi soğuktan hiçbir şey hissetmiyordum. Arkadaşlar ağırdan ağıra mekâna damlamaya başlamışlardı.

Boş bulduğum bir yere oturdum. Gözlerim alışkanlıktan olsa gerek Çiğdem'i arıyordu.

Kendime bir kadeh kırmızı şarap söyledim. Şarabı yudumlarken herkes masadaki yerini almıştı.

Serap yanıma oturdu:

"Semih Bey şarap mı içiyor bu akşam?" dedi.

"Evet," dedim.

"O zaman ben de aynısından istiyorum. Bizi bu akşam kadeh kesmez. İstersen bir şişe açtıralım."

Garsonu çağırdım. Bir şişe şarap açmasını söyledim.

Patron hakkındaki dedikodu bittikten sonra konu dönüp dolaştı ilişkilere ve evliliğe geldi. O akşam resmen geyik muhabbetinin dibine vurduk.

EVLİ ERKEKLER

Erkek arkadaşlardan biri evlenen erkeklerin aptal olduğunu söyledi. Karısından boşandıktan sonra kendisini bulduğunu anlatıp duruyordu. Masadaki tek evli erkek bendim. Arkadaşım bana döndü ve, "Bakın burada aptal bir erkek var. İsterseniz ona soralım," dedi.

"Evli erkek mutlu erkek midir?"

O an aklıma Aziz Pavlus'un bir sözü geldi: 'Evlenin, iyi edersiniz; evlenmeyin, daha iyi edersiniz.'

O anda bu lafı şaka olarak söylesem de Çiğdem'in kız arkadaşları, "Gül gibi kızımızı verdik sana kıymetini bil!" diye üstüme geldiler.

Serap o anda yüzüme baktı. Bana acır gibiydi. Keyfim kaçtı. Şarabı kestim, bir ufak rakı söyledim. Düşüncelerimden sıyrılıp masaya dönene kadar muhabbetin konusu değişmişti. Bütün gece Serap'ın bana o acır haldeki bakışını hissettim. Beni güldürmeye çalışıyordu. Zaman zaman omzuma dokunuyordu. Boş ver. Unut gitsin gibisinden.

Masadaki herkes hafiften çakırkeyif olmuştu. Yemekler yenmiş, içkiler içilmişti. Artık eğlence zamanıydı. Herkes oturduğu yerde oynamaya başlamıştı. Serap garsondan hesabı istedi. Arkasından da herkese bir teklifte bulundu:

"Ben dans etmeye gidiyorum. Beni seven arkamdan gelsin!"

Bir anda masada oturan herkes ayaklandı. Sanki herkes bu teklifi bekliyordu. Hesapları ödedikten sonra kendimizi bir gece kulübüne attık. Herkes alkolün de etkisi ile çılgınca dans ediyordu. İyice zıvanadan çıkmıştık. Bir ara Serap'ı yanımda hissettim. Bir şeyler söyledi. Ama müziğin sesinden anlayamadım. Bir-iki kere bağırarak anlatmaya çalıştı. Yine anlamadım. Elimden tuttu. Pistin ortasına doğru çekti. Dans etmeye başladı.

Loş ışıkların altında o harika bedeni ortaya çıktı. Giydiği kırmızı mini eteği vücudundan fırlayacak gibiydi. Bir an için o uzun bacaklarının göğe yükseleceğini sandım. Biraz daha yanıma yaklaştı. Ona eşlik etmeye başladım. Bedenini bedenime dokundurdu. Kendimi bir tuhaf hissettim. Elimi kalçasına attım. Kalçası avuç içlerimde kaybolmuştu. Hafiften kalçasını sıktım. Gözlerinin içine baktım. Gözlerinin içi ile gülüyordu bana. Sonra hafiften yanımdan uzaklaştı. Çevreme baktığımda arkadaşlarımızın her birinin bir tarafa dağıldığını gördüm.

Saate baktım. Üç olmuştu. Arkadaşlara, "Ben artık gidiyorum," dedim.

Serap hemen atıldı. "Bayağı geç oldu. Beni de bir taksiye kadar bırakabilir misin? Şimdi dışarısı sarhoş kaynıyordur."

"Tabii," dedim. Arkadaşlarla vedalaştıktan sonra ayrıldık. Gecenin ayazı kendini iyiden iyiye hissettirmişti. Dişlerimiz soğuktan birbirine vuruyordu. Serap'a onu eve kadar bırakabileceğimi söyledim. Çok istediğini ama bana zahmet vermek istemediğini söyledi.

Ben, "Hiç önemi yok," deyince, "O zaman peki," dedi.

Kendimizi otoparka nasıl attığımızı hatırlamıyorum. Arabaya bindiğimizde ikimiz de tirtir titriyorduk. Bir süre arabayı ısıttıktan sonra klimayı açtım. Gaza bastığım gibi kendimizi yola attık.

"Güzel bir akşam oldu," dedim. Serap da benimle aynı fikirde olduğunu söyledi.

"Harika dans ediyorsun. Seni hiç böyle görmemiştim." dedim. Cevap vermedi. Utandığını hissettim. Suskunlaştı. Evine yaklaştığımızda hiç uykusunun olmadığını söyledi. "Çok sarhoşsun. Senin de uykun yoksa bir kahve yapabilirim," dedi.

YARIN KARIN YOK

"Hiç fena olmaz," dedim. "Nasıl olsa yarın pazar. Evde beni bekleyen bir karım da yok."

Serap bana baktı ve güldü. "Benim de yarın bir işim yok. Üstelik evde bekleyen bir kocam da," dedi. Arabayı park ettim. Yukarı çıktık. İçeri girdiğimizde evin sıcak havası yüzümüzü okşadı. Mantomu çıkardım. Salona geçtik. İtalyan çizgisi taşıyan mor renkli koltuğuna oturdum. Küçük ama çok şirin bir dairesi vardı.

"Sıcak renkleri seviyorsun galiba," dedim.

"Hem de çok," dedi. "Bak eteğimin rengine. Kırmızı. Bu akşam özellikle bunu giymek istedim. Sen keyfine bak. Ben birkaç dakikanı istiyorum. Üstümdeki kıyafetleri değiştirip hemen geliyorum. Sen istersen televizyona takıl. Ben bir kadeh kırmızı şarap içeceğim. Sen ne içmek istersin? Şarap mı yoksa kahve mi?"

O an için kararsız kaldım. Serap, kararsız kaldığımı görünce, "Sen düşünedur, ben hemen geliyorum," dedi.

Elimde televizyonun kumandası o kanaldan diğerine zaplayıp duruyordum. Bir taraftan da ne içeyim diye düşünüyordum. Şarap mı yoksa orta şekerli bir Türk kahvesi mi? Zap yaparken karşıma Joy TV çıktı. Whitney Houston *I Will Always Love You* şarkısını söylüyordu. Kanala takılı kaldım. O anda içeri Serap girdi.

"Sakın değiştirme kanalı. Bu şarkıyı çok seviyorum. Ne içeceğine karar verdin mi?"

"Şarap," dedim.

Gülümsedi. "İyi bir karar," dedi.

Kadehleri doldururken çok seksi giyinmiş olduğunu fark ettim. Göğüs dekoltesi geniş, sırtını da açıkta bırakan askılı bir tişört giymişti. Göğüsleri dışarıya fırlayacak gibi duruyordu. İçerinin ışıklarını kıstı. Şarap kadehini elime tutuşturdu.

"Bu akşamın şerifine kadehimi kaldırıyorum," dedi.

Şaraptan birer yudum aldık. Televizyonu kapatmak istediğini söyledi.

"Sakıncası yok," dedim.

Radyo kanallarını karıştırdı. Joy FM'i açtı. Şarabından bir yudum daha aldı. Masanın üstünde duran albüme gözü ilişti. "Sana çocukluk resimlerimi göstermemi ister misin?" diye sordu.

Sesimi çıkarmadım.

Albümü kaptığı gibi yanıma oturdu. Her resmin hikâyesini tek tek anlatmaya başladı. Birbirimize iyice sokulmuştuk. Göğüsleri devamlı bedenime dokunuyordu. Duygularım karışmaya başlamıştı. İçimi bir heyecan kaplamıştı. Bir fotoğrafı gösterirken göz göze geldik. Ani bir hareketle dudaklarıma dudaklarını dokundurdu. Ateşli bir şekilde öpüşmeye başladık. İkimiz de karşı koyamıyorduk. Benim elimden şarap kadehi, onun elinden ise fotoğraflar yere düştü. Soluklarımız hızlanmıştı.

Oturduğumuz koltuğa uzandık. Dakikalarca öpüştük. Elim bedeninde dolaşıyordu. Tişörtünü çıkardım. Sutyen giymemişti. İri göğüs uçlarına dudaklarımı dokundurdum. Bedeninin her tarafında dilimi dolaştırıyordum. Heyecandan inlemeye başlamıştı. Sonra eşofmanının altını çıkardım. Kırmızı bir tanga giymişti. Tangasını çıkardım. İçine girmek istedim.

"Şşt , ağır ol," diye durdurdu beni.

Dakikalar birbirini kovalıyordu. Daha fazla dayanamadım içine girdim. Sabahın ilk ışıklarına kadar defalarca seviştik. İkimizin de bedeni o âna kadar sekse susuz kalmıştı.

"Bu gece harikaydın," dedi.

Yorgun düşen bedenlerimiz uykuya daldı.

Cep telefonumun sesiyle kendime geldim. Gözlerimi açmakta zorlanıyordum. Zar zor olduğum yerden kalktım. Serap yanımda yatıyordu. İkimiz de çırılçıplak sızıp kalmışız. Sırtım tutulmuş, başım ağrıyordu. Serap, telefonun sesini bile duymuyordu. Telefon hiç susmadan uzun uzadıya çaldı.

TELEFONDAKİ VİCDAN

Arayan Çiğdem'di.

"Efendim?" diye açtım telefonu.

"Telefona niye bakmıyorsun?"

"Uyanamadığım için. Dün gece işyerinden çocuklarla birlikteydim. Eve sabaha doğru girdim. Daha afyonum patlamamış. Sen nasılsın?"

"Şimdi kapatmak zorundayım. Konferansa giriyorum. Çıktığımda seni tekrar ararım."

Çiğdem telefonu kapatırken, evde sabit bir telefonun olmadığına sevindim.

Serap, sesime uyanmıştı.

"Ne oldu?" diye sordu uykulu uykulu.

"Yok bir şey. Çiğdem aradı. Evde soda var mı?"

"Buzdolabına bak. Orada olacak."

Şişeyi açtığım gibi kafama diktim. Saate baktım. Öğlen olmuştu. Serap gerinerek yattığı yerden kalktı. "Her tarafım tutulmuş. İnanamıyorum, üstü açık uyumuşuz bu kış günü."

"Benim de her tarafım tutulmuş. Başım da feci ağrıyor."

"Dolapta elma var. İyi gelir."

Bir elma kaptığım gibi koca bir ısırık aldım. Pencereden dışarı baktım. Her taraf kar içindeydi.

Serap kahvaltı hazırladı. Canım hiçbir şey yemek istemiyordu. Bir bardak çay içtim. Bir dilim de ekmekle peynir yedim. Her ikimiz de çok fazla konuşmuyorduk. Kahvaltı masasından kalktık. Serap banyoya girdi. Sıcak suyu açıp küveti doldurdu. Suyu şampuanla köpürttü. Kendini küvetin içine bıraktı.

"İstersen sen de gel yanıma," dedi.

Küvete girdim.

Sıcak su çok iyi gelmişti. Bir saate yakın küvette kaldık. Kendimize gelmiştik. Çırılçıplak bedeni beni tahrik etmeye başlamıştı. Sevişmeye başladık. Çok iyi sevişiyordu. O anda Çiğdem'le seks hayatımızı düşündüm. Kendimize yazık ettiğimizi anladım. Kendi kendime Çiğdem'i suçladım. Biraz da vicdan azabı çekmeye başlamıştım.

Sonra Serap'la küvet sohbetimiz başladı.

"Çiğdem'le hiç böyle seviştin mi?"

"Hayır."

"İstediğin zaman seninle sevişmeye hazırım. Senden bir beklentim yok. Çiğdem'in bunu bilmesine de gerek yok. Bu ikimizin arasında bir sır olarak kalacak. Sakın vicdan azabı çekme. Bu senin suçun değil."

Serap'ın böyle iyi niyetli düşünmesi beni biraz rahatlattı.

İyi bir kadın olduğuna karar verdim. Dudaklarına minik bir buse kondurup, "Çok anlayışlı bir kadınmışsın," dedim.

Küvetten çıkınca kendimizi pamuk kadar hafiflemiş hissediyorduk. Tekrar yatağa girdik. Uyumuşuz.

Telefonun sesine yine uyandım. Çiğdem arıyordu. Burada kar yağdığını söyledim. Beni özlediğini söyledi. Gece ne yaptığımızı sordu. Bilmesi gereken kadarını anlattım. Telefonu kapattığımda kafam iyice karışıktı. Yanlış bir şey yapıp yapmadığımı sorgulamaya başladım. Üstümü giyindim. Serap'ın yanına gittim. "Ben artık gidiyorum," dedim. Beni yolcu etmek için yattığı yerden kalktı. Kapıdan çıkarken dudaklarıma bir öpücük kondurdu. Arabaya atladığım gibi eve geldim.

Serap'ı düşündüm.

Çiğdem'i düşündüm.

Bir yıldan fazladır böyle sevişmediğimi düşündüm. Yaşadığım geceden pişman olmama kararı aldım. Çiğdem'le seks hayatımızın olmaması benim için kanayan bir yaraydı. Serap, dün gece bu yaraya sadece pansuman yapmıştı.

Hafta başı olduğunda Serap hiçbir şey olmamış gibi davrandı. Bu hoşuma gitmişti.

Çiğdem'le ilerleyen günlerdeki seks hayatımızda bir gelişme olmadı. Bunaldığımda soluğu Serap'ın yanında alıyordum. Serap'ın sevişirken ilginç yönlerini keşfetmeye başlamıştım. Yatakta en çok zevk aldığı şey, onun içindeyken yüksek sesle adını fısıldamamı istemesiydi. Adının söylenmesinden tahrik olduğunu söylüyordu. İlk başlarda çok tuhafıma gitmişti. 'Bu nasıl bir haz alma yöntemi?' diye düşünmüştüm.

Birbirimizi yatakta çok mutlu ediyorduk. Serap, evliliğimdeki önemli açıklarımdan birini dolduruyordu. Çiğdem'i yatak dışındaki ilişkimizde seviyordum. Serap'ı ise yatakta seviyordum. İki kadına da artık bağlanmıştım. Tehlike çanları benim için çalmaya başlamıştı ama göremiyordum.

İki kadını bir gün karıştırmaktan korkmak hiç aklıma gelmemişti.

Bu durum aylarca sürdü. Her şey yolunda gidiyor gibiydi. Çiğdem'in hiçbir şeyden haberi yoktu. Serap ise gidişattan memnun görünüyordu. Kendimi bir süre sonra akıllı bir erkek zannetmeye başlamıştım. İşte bir gece bu düşünce benim yanıldığımı ortaya koydu.

Çiğdem'in kırk yılda bir sevişme isteği tutardı.

O gece de o tarihi anlardan biriydi. Her zaman sırtını dönüp yatan kadın, benimle cilveleşmeye başladı. Önce tepki göstermedim. Emin olmak istedim. Baktım durum benim algıladığım gibi değil. Büyük bir heyecanla karşılık verdim. Nasıl olsa tarih kırk yılda bir tekerrür ediyordu bizim için. Yatağımda her akşam yatan kadına ne kadar susamış olduğumu anladım. Çılgınlar gibi sevişmeye başladık. Bütün ağırlığımla içine girdim. İkimiz de inliyorduk. Ne olduğunu anlamadım. Bir anda beni üstünden savurdu. Yüzüme bir tokat attı.

"Aşağılık herif!" diye bağırarak ağlamaya başladı. "Beni o sürtükle aldatıyorsun, değil mi?"

Şoke olmuştum.

"Kiminle aldatıyorum?"

"Serap denen sürtükle."

"Nereden çıkardın?"

"Sevişirken onun adını sayıklıyorsun."

Ben ne yapmıştım Tanrım? Kendi dilimin kurbanı olmuştum. İki hayatımı birbirine karıştırmıştım. Bu nasıl bir çelişkiydi?

Çiğdem'i susturamıyordum.

Devamlı ağlıyordu ve bana saldırıyordu. Kötü bir kâbus gördüğümü sandım. Gözlerimi defalarca açıp kapadım.

"Hayır," dedim. Bu bir kâbus değil, gerçeğin ta kendisiydi.

Her şeyin bittiğini söyledi. "Neden bunu bana yaptın?"

Ağlamayı kesmesini ve her şeyi anlatacağımı söyledim.

Saatlerce ben konuştum, o benim penceremden bakıp dinledi. Arada bir sinirinden bir küfür sallıyordu. Artık ikimiz için de ok yaydan çıkmıştı.

"Defol git bu evden. Gözüm seni görmesin!" diye bağırdı.

Yanıma ufak tefek bir şeyler alıp evi terk ettim. Arkamdan ağlıyordu. Arabaya atladığım gibi Cengiz'e geldim.

Bir-iki saat sonra Serap aradı. "Seninki az önce beni aradı. Bir dünya laf saydı. Çok üzgün olduğumu söylemek istedim," dedi.

Yalnız kalmak istediğimi söyleyerek telefonu kapattım.

Ertesi günü işe gitmedim. Çiğdem, Serap ve kendimi aynı ofis ortamında düşünmek bile istemedim. Akşama doğru arkadaşlar aradı. Cümle âlemin diline sakız olmuştuk anlaşılan.

Çiğdem de işe gitmemişti. Olayı telefonla müdüre anlatmış. Bir daha o ortamda çalışmak istemediğini söylemiş. Kendisini ya başka bir ofiste görevlendirmelerini ya da işine son vermelerini istemiş. Müdür bey de yıllık izninin bir bölümünü kullanmasını teklif etmiş. Patronla konuştuktan sonra diğer şubede işe devam edebileceğini söylemiş.

Akşama doğru telefonum çaldı.

İşyerinden en samimi arkadaşım Enver arıyordu.

"Neredesin?" dedi.

"Bir arkadaşımın evindeyim."

"Seninle hemen buluşmamız lazım."

GİZLİ PLAN

Enver'le Cengiz'in evinde buluştuk. Bana söyleyeceği şeyin ne olduğunu merak ediyordum. Hiç zaman kaybetmeden hemen lafa girdim. "Bir an önce öğrendiğin neyse söylemeni istiyorum."

Enver, "Serap ile olan ilişkiniz hakkında," dedi.

"Ne olmuş ilişkimize?" diye sordum.

"Bir oyunun kurbanı olmuşsun. Ofiste çalışan herkes sizin yaşadıklarınızı konuşuyor. Öğlen Zehra ile yemeğe çıktık. Üçünüzün yaşadığı bu tatsız ilişkiyi konuşurken, Zehra ağzından bir laf kaçırdı. Bu ilişkinin bu noktaya geleceğini baştan beri bildiğini söyledi. Ben de salağa yattım ve, 'Neyi biliyordun?' dedim. 'Semih'in Çiğdem ile sevişirken Serap'ın ismini ona fısıldayacağını,' dedi. Senin Serap ile olan ilişkini baştan beri biliyormuş. Serap, bir gün sana âşık olduğunu söylemiş Zehra'ya. Seni kendisinden uzaklaştırmamak için gerçek duygularına gem vurmuş. Seninle sevişirken devamlı ismini söylemeni istiyormuş. Çünkü bir gün Çiğdem'le sevişirken onun ismini ağzından kaçıracağını biliyormuş. Aslında Serap'ın böyle bir şeyden zevk aldığı yokmuş."

"Yeter artık. Konuşma sus!" dedim. Beynimden vurulmuşa dönmüştüm. Ne yapacağımı, ne düşüneceğimi şaşırmış vaziyetteydim.

Serap'ı aradım. Öğrendiğim gerçekleri bir çırpıda ona söyledim. Bana hiç cevap vermedi.

Ağladığını anladım. Daha sonra da yüzüme telefonu kapattı. Kızgınlıktan kudurmuştum.

Elim ayağım titriyordu. Vücudumun bir anda boşaldığını hissettim. Kendimi dışarıya attım. Ne yapacağımı bilmiyordum.

Arabaya doğru yöneldim. Kontağı çevirdim. Arabayı çalıştırdım.

Araba beni Serap'ın evine götürüyordu. Gitmemek için arabaya karşı koydum. Ama fazla direnemedim. Serap'ın evinin önüne gelmiştim bile. Altıncı kata merdivenleri üçer beşer atlayarak çıktım. Nefes nefese kalmıştım. Zili çaldım. Serap kapıyı açtı. Karşısında beni görünce şaşırmadı. Geleceğimi tahmin etmişti. Arkasını dönüp salona gitti. Peşinden içeriye girdim.

Ağlıyordu. Tek kelime bile konuşmuyordu. Bir sigara yaktım.

"Bunu bana neden yaptın?" diye sordum. "Senin ne kadar iyi bir kadın olduğunu düşünüyordum. Bana bu tezgâhı neden kurdun? Hadi susma, yüzüme bak ve konuş benimle."

Başını kaldırıp yüzüme baktı.

"Ben de bir kadınım. Sana âşık oldum. Seni deliler gibi seviyordum. Yaptığım sadece oyunu kuralına göre oynamaktı. Şimdi sevineceğim yerde hüzün yaşıyorum. Seni kaybettiğimi biliyorum. Bu oyunu sadece ben bilmeliymişim. Bir başkasına söylemek benim hatamdı. Ben de dilimin belasını senin gibi çektim. Durma sakın. Öldüreceksen öldür beni."

Kolum kanadım kırılmıştı. Hiçbir şey söyleyemedim. Ayağa kalktım. Kapıya doğru yöneldim. Kapıdan çıkarken son kez seslendim:

"Sen beni kaybettin. Bense ikinizi."

* * *

Ortamı büyük bir sessizlik kaplamıştı. Bir kadeh viski almak için şişeye uzandım. Şişenin dibine vurmuştuk. Dolu bir şişe getirdim. Kapağını açtım. Herkese bir kadeh daha viski koydum.

Cengiz bana baktı:

"Seni dinliyorum. Anlatmaktan vazgeçtim. Başka bir kitabına yazarsın beni. Bir tiyatro oyununda beş yıldır seyircisiz koltuklara oyun oynadığımı yaz şimdilik. Oyun bitti. Perde kapandı."

Başı da sonu da belli bir roman gibiydi.

Ama bir farkı vardı.

Bu acıyı üç kişi hem bedenlerinde hem de yüreklerinde yaşamışlardı.

Sustum...

Kadehimdeki viskiden bir yudum daha aldım.

Ve sadece sustum.

YEDİNCİ İTİRAF
TARLAKUŞU

"Asla bir kadının gücünü küçümsemeyin."

İngiliz Atasözü

SEN HİÇ TARLAKUŞU GÖRDÜN MÜ?

Pınar Hanım, o gün sabah erken bir vakitte uyandı. Yatakta bir sağa bir sola dönüyordu. 'Ne tuhaf bir şey,' diye düşündü. 'İş olduğu zamanlar uykudan gözümü açamıyorum, iş olmadığı zamanlar ise uyuyamıyorum.'

Dün gece başucunda bıraktığı kumandaya gözü ilişti. Kanallar arasında dolaşmaya başladı. Sonra da bir yabancı filme takılıp kaldı. Filmde orta yaşlı bir kadın, genç bir kadın karşısında ağlıyordu. 'Sen hiç tarlakuşu gördün mü?" diye bir soru sordu kadın, kocası ile beraber olan genç kadına. 'Tarlakuşunun kendi yuvası yoktur. O başkalarının hazır yuvalarına girer. Yumurtalarını parçalar. Onları bir kenara atar ve o yuvaya kendisi yerleşir.'

Film Pınar'ın ilgisini çekmişti. Kadının bu sözlerine ağlamamak için kendini zor tutuyordu. Yine de daha fazla dayanamadı ve gözlerinden yaşların süzülmesine engel olamadı.

Üşümeye başlamıştı. Kumandayı elinden bıraktı. Üstü açık bedenini yorganla sıkıca örttü. Ortası çöken yastığını düzeltmek için biriki yumruk attı yastığa. Sonra da ikiye katlayıp tekrar başının altına koydu.

Gözü yaşlı bir şekilde filmi izlemeye devam etti. On dakika sonra telefonu çalmaya başladı. Cep telefonunun ekranında tanımadığı bir numara vardı. Kendi kendine söylenmeye başladı. 'Kargaların bile kahvaltısını yapmadığı bir saatte acaba beni kim arıyor?'

"Efendim?"

"Alo? Alo?"

"Ben sizi duyuyorum. Kimi aradınız?"

"Pınar Hanım'ı."

"Pınar benim. Buyurun. Kim arıyor?"

"Beyoğlu İlçe Emniyet Müdürlüğü'nden polis memuru Salih. Kusura bakmayın, sabah sabah rahatsız ettik. Komiserim sizi aramamı emretti. Kayseri'den bir kadın geldi. Sokakta kaldığını ve 'kadın sığınma evine' gitmek istediğini söyledi. Karakola kadar gelebilir misiniz?"

"Tamam. Bir saate kadar orada olurum."

Telefonu kapattı. Kadın Sığınma Evi'nde çalışmanın ne kadar zor bir iş olduğunu düşündü. Televizyonu da kapatıp banyoya girdi. Duştan çıkınca saçlarını kurutmaya fırsat bile bulamadı. Üstünü giyindiği gibi kendini dışarı attı.

Gördüğü ilk taksiyi çevirdi. Yine yeni bir hayatı, yeni bir sorunu ve yeni bir mağduriyet hikâyesini dinlemeye giderken, nasıl bir kadınla karşılaşacağını hayal etmeye çalıştı.

KÖYLÜ KIZI

Karakola vardığımda kapının önünde iki polis memuru ile konuşan -sonradan adının Şükran olduğunu öğrendiğim- kadını gördüm. Başında eşarp, gözlerinde ise simsiyah bir güneş gözlüğü vardı. Boyu standart Türk kadınının boyundan oldukça uzundu. Tuhaf bir sigara içişi vardı. Taksiden indim. Yanlarından geçerek içeri girdim. Bir polis memuru, komiserin odasının bulunduğu yere kadar bana eşlik etti. Odanın kapısı kapalıydı.

Memur, "Bir saniye," diyerek kapıya vurdu. İçeriden komiserin, "Girin," diyen sesi geldi. Memur, kapıyı aralayıp kafasını içeri doğru uzattı.

"Komiserim, Pınar Hanım geldi. İçeri almamı ister misiniz?"

Komiser, başını sallayınca memur beni odaya aldı ve sonra arkasını dönerek dışarı çıktı. Arkasından da kapıyı tekrar kapattı. Komiser hemen buraya çağrılış nedenimi açıklamaya başladı:

"Kusura bakmayın. Pazar pazar sizi rahatsız ettik. Kayseri'den bu sabah bir kadın geldi karakolumuza. Kendisinin mağdur olduğunu ve gidecek bir yeri olmadığını söyledi. Biz de kadını burada tutamayacağımıza göre size haber verelim dedik. Kadın sığınma evine götürebilir misiniz?"

Komisere, "Başka bir şansımız var mı ki?" diye soruyla cevap verdim.

"Maalesef yok."

"Bu sözünü ettiğiniz kadınla görüşebilir miyim?"

Ahizeyi kaldırıp aşağıdaki polis memurunun numarasını çevirdi. Kadını odasına getirmesini istedi. Birkaç dakika sonra odaya giren kadın, az önce karakolun önünde gördüğüm kadından başkası değildi.

Komiser, kadına hitaben, "Gel şöyle otur," dedi. "Seni kadın sığınma evinin yetkililerinden Pınar Hanım ile tanıştırayım."

Kadın bana baktı. Ağlamaya başladı. Oturduğum yerden ayağa kalktım. Kolundan tutarak, "Gel şöyle otur," dedim. "Bir bardak su ister misin?" Başını evet anlamında salladı. Komiserin talimatı üzerine bir bardak su geldi.

"İsmin ne?"

"Şükran."

"Nereden geldin?"

"Kayseri'den."

"Kayseri buraya uzak değil mi?"

"Uzak ama başka gidecek bir yerim yok. En son paramı da otobüs biletine verdim. Bana yardım edin. İstanbul'u hiç tanımam, bilmem. Kötü yola düşmekten korkuyorum."

Derdini anlatmaya çalışırken bir yandan da iki gözü iki çeşme ağlıyordu. Yanına gittim, oturdum. Ona sarıldım.

"Korkma. Senin kötü yola düşmene izin vermeyiz," diye sakinleştirmeye çalıştım onu.

Bana bir çocuk gibi sarıldı. "Tek güvendiğim insan artık sizsiniz," dedi.

Şükran'a daha önce sığınma evine gelen birçok kadın gibi acıdım. O da çok saf birisine benziyordu. Komisere baktım. Bütün işlemler hazırsa Şükran'ı götürmek istiyorum.

Komiser, "Hazır," dedikten sonra bana tutanağı imzalattı. Şükran'ı da yanıma alarak odadan çıktım.

Komiser, bizi sığınma evine bırakmak için bir ekip görevlendirmişti. Yol boyunca Şükran'ın ağzından bir tek kelime bile çıkmadı. Islak gözleri ile ilk kez geldiği ve gördüğü şehrin manzarasına dalıp gitmişti. Ben de onun bu haline dalıp gitmiştim. Memurun sesi ile ikimiz de irkildik:

"Hanımlar geldik."

Polis memurlarına teşekkür ettikten sonra arabanın kapısını açtım. Şükran'ın koluna girdim. Ayakta zar zor duruyordu. Kafasını kaldırıp binaya baktı.

"Bu bina mı?"

"Evet."

"Daha önce hiç düşünmemiştim."

"Neyi?"

"Kadın sığınma evine düşeceğimi."

"Boş ver. Hayat tahmin edemeyeceğimiz sürprizlerle doludur. Zaman zaman kimine öyle, kimine ise böyle bir yaşamı uygun görür. Bunun adına da kader denir işte."

Tekrar sustu.

İçeri girince hemen salona geçtik. Diğer kadınlar bizi görünce ayağa kalktılar. Şükran'a, "Hoş geldin," dediler. Şükran, kader arkadaşları ile tek tek tanıştı. Bir koltuğa oturdu. Ne yapacağını, nasıl davranacağını kestiremiyordu.

Ona bir bardak çay getirdim. Çaydan birkaç yudum aldıktan sonra bir sigara yaktı. Yorgunluğu iyice yüzüne vurmuştu. "İstersen daha fazla oturma," dedim. "Git biraz uyu."

"İyi olur," dedi. "Bütün gece yolda hiç uyumadım. Yolculuk beni çok fazla sarstı."

Şükran'a yatacağı yeri gösterdim. Yatağa girdiği gibi sızdı. Şükran yatarken ben de onun hayat hikâyesini düşünmeye başladım. Onu buraya getiren nedenleri kafamda sorguladım. Saf görünümlü bir kadın bulmuştum. Ama bu düşüncenin benim için ne kadar büyük bir yanılgı olduğunu sonradan öğrenecektim. Sığınma evine daha önce gelen birçok kadında öğrendiğim gibi. Hep sonradan öğrendiğim bu gerçekler beni ruh hastası yapmıştı.

Şükran, gecenin bir vaktine kadar deliksiz bir şekilde uyudu. O kadar güzel uyuyordu ki, kaldırmaya kıyamadım. Daha sonra kendisi uyandı. Yiyecek bir şeylerin olup olmadığını sordu. Hemen yiyecek bir şeyler hazırladım. Uyku dinlendirmişti. Yüzüne renk gelmişti. Yemekten birkaç lokma aldıktan sonra hemen bir sigara yaktı.

"Çok sigara içer misin?" diye sordum.

"Birkaç yıl öncesine kadar içmiyordum. Kocamı ve yeni karısını silahla ayaklarından vurup cezaevine düşene kadar. Orada her şeye başlıyorsun. Sigara yalnızlığımın en iyi dostu oldu."

Bir anda söyleyeceklerim boğazımda düğümlendi.

"Demek, cezaevine bile girip çıktın."

"Evet. Yaklaşık sekiz ay kadar içeride kaldım. Bu benim kıskançlığımın bedeliydi. Mahkeme hâlâ devam ediyor. Eski kocam ve yeni karısı şikâyetçi olmadılar. Ama kamu davası sürüyor. Yakın bir zamanda mahkeme hakkımda beraat kararını verir."

Şükran'ın anlattıkları şaşırtıcıydı. Ama gecenin geç bir vakti olmuştu. Bir ağırlık çöktü üstüme. Hemen bir duş alıp kendimi yatağa atmak istedim. Şükran'ın hayat hikâyesini bu gece fazla deşmek istemedim. Sığınma evinin binasından ayrılırken, beynim durmuş, gözlerimden uyku dökülüyordu. Eve geldiğim zaman duş almak için kendimde güç bile bulamadım. Hemen kendimi yatağa attım ve uyudum.

Birkaç gün boyunca Şükran'la başından geçenlere dair hiçbir şey konuşmadık. Aylar sonra gerçek hayat hikâyesini öğrendiğimde, kelimenin tam anlamı ile şoke olmuştum. Şükran, hiç de göründüğü gibi saf bir köylü kadın değildi.

AŞKIN KİRLİ ÇAMAŞIRLARI

Şükran, "Biliyor musun Pınar Abla," dedi. "A harfinden nefret ederim ben."

"Niçin?"

"A harfi bana aldatmak ve aldatılmayı çağrıştırıyor. Sence de doğru değil mi?"

Bir an için düşündüm ve, "Haklısın," dedim.

"Biliyor musun, ben yirmi iki yaşında evlendim. Sen evli misin abla?"

"Hayır."

"Vallahi akıllı kadınsın. Şimdiki aklım olsaydı ben de evlenmezdim. Zaten evlendiğim adamı hiç sevmedim. Sevdiğim tek bir erkek vardı, o da teyzemin oğluydu. Ona sırılsıklam âşıktım. Ama o beni hiçbir zaman anlamadı. Bugün yine aynı heyecan ve tutkuyla severim onu. Daha sonra evlendi. Çoluk çocuğa karıştı. Sen hiç âşık oldun mu?"

"Oldum. Ama olduklarım kıymetimi bilmedi."

"İşte, teyzemin oğlu da benim kıymetimi bilemedi. Bu erkek milleti nankör. Kendilerini seven kadınlardan korkuyorlar. Kayseri'nin bir köyünde yirmi iki yaşına kadar yaşadım. Evlendikten sonra yaşadığım köyden ayrılmış, Kayseri'ye yerleşmiştim. Bu yaşa kadar köyde oldukça mutluydum. Çünkü sevdiğim erkeğin, yani teyzemin oğlu Mustafa'nın varlığı benim için yeterliydi. Öyle köy kızları gibi şehirli bir erkek bulup köydeki hayattan kurtulma gibi bir düşüncem yoktu. Mustafa, ona karşı olan sevgimi biliyordu. Köy, köydü işte. Ufak bir yer olduğu için bazen samanlıkta, bazen ise bir ağacın altında gizli gizli buluşuyorduk. Dedikodu çıkmasın diye. Sanki gizli gizli buluşup da bir şey mi yapıyorduk?"

"Yapmıyor muydunuz?"

"Elimden tutmazdı. Belime sarılmazdı. Dudaklarımdan öpmezdi. Bir gün yine böyle ilgisiz görünce kavga ettim. 'Niye benimle ilgilenmiyorsun?' dedim. Televizyondaki filmleri izliyorum. İki sevgili buluşunca birbirlerinin dizinin dibine oturuyorlar. Erkek, kızın elinden tutuyor, onu öpüyor. Hatta sevişiyorlar bile. Ben de ondan bu tür şeyler istiyordum. Ben Mustafa'ya karşı böyle hisler beslerken, o bana ne söylese beğenirsin? 'Biz evli değiliz. Öpüşürsek heyecanımıza hâkim olamayız. Sonra pişman olacağımız şeyler yapmayalım. Köy yeri ufaktır. Sonra adın kötüye çıkmasın,' dedi. Bu söylediklerine bir şey demedim. Ama beni yıkan sözü en sonda söyledi: 'Ben seni, senin beni sevdiğin kadar sevmiyorum. Seninle evlenmek niyetinde olmadığımı da bil.'"

"Sonra?"

"Duyduğum bu sözler beni yıkmıştı. Kendimden geçtim. Kendimi öldüreceğimi söyledim. Mustafa da bunun üzerine şaka yaptığını söyledi. O zaman evlenelim diye baskı yaptım. 'Al beni, kaçır buralardan. Bu akşam karanlık çöker çekmez köyün çıkışında seninle buluşalım,' dedim. Mustafa yüzüme baktı. Hiçbir şey söylemedi. Hemen yanından kalktım. Eve doğru koştum. Gizliden birkaç parça eşyamı küçük bir çantaya koydum. Çantayı samanlıkta bir yere sakladım. Çok heyecanlıydım. Bir an önce karanlığın çökmesini bekledim. Akşam olduğunda evdekilere, 'Ahıra kadar gidip geliyorum,' dedim. Çantayı aldığım gibi köyün çıkışına gittim. Mustafa daha gelmemişti. Dakikalar birbirini kovalamış, iyice karanlık çökmüştü. Karanlıktan korkmuştum. Şimdi gelir, diye kendimi teselli ediyordum. Uzaktan bir arabanın ışığı belirdi. Kendi kendime, 'Tamam,' dedim. 'Mustafa'm geliyor.' Araba yavaşladı. Işıklarını söndürdü. Kapıya doğru hareket ettim. Arabaya yaklaşmak üzereydim ki, arabanın kapısı açıldı. Arabadan abim indi. Eğilip arabanın içine baktım. Mustafa'm yoktu. Kolumdan tuttu. Yüksek sesle bağırdı. 'Ne zaman büyüyeceksin,' dedi. Mustafa olup biten her şeyi anlatmış abime. Köyün çıkışından beni almasını söylemiş. Yere çömelip ağlamaya başladım. 'Aşağılık herif, bunu bana nasıl yapar? Onu seviyorum abi,' dedim ama nafile. Abim elimden tuttuğu gibi beni eve götürdü. Evdekilere hiçbir şey anlatmayacağını, bu olayın aramızda sır olarak kalacağını söyledi.

"Abimle birlikte gözü yaşlı bir şekilde eve döndüm. O günden sonra Mustafa ile eskisi gibi görüşmedik. Ama ona karşı olan sevgim hiç tükenmedi. Bu olayın üzerinden bir yıla yakın bir zaman geçti. Mustafa'dan artık iyice umudumu kesmiştim. Kayseri'den bir kısmetim çıktı. Adamı benimle tanıştırdılar. Kayseri'de nalburmuş. Eli yüzü düzgün biriydi.

Kanım ısınmıştı. Yani senin anlayacağın adamı beğenmiştim. O da beni beğenmişti. Birkaç hafta sonra Adnan'la evlendim. Adnan, beni mutlu etmeye çalışıyordu ama benim aklım hâlâ Mustafa'daydı. Bir gün dayanamayıp Mustafa'yı aradım."

KOCAYA UYKU İLACI

Mustafa, sesimi duyduğu anda şaşırdı.

"Nasıl gidiyor evlilik?" diye sordu.

"Eh işte. Fena değil."

"Yarın şehre geleceğim. Birtakım işlerim var. İki gün boyunca orada kalacağım."

Duyduklarıma inanamadım. Elim ayağım titremeye başladı.

"Nerede kalacaksın?" diye sordum.

"Halamgillerde."

"Sen en iyisi orada kalma. Evlendiğimden beri birbirimizi hiç görmedik. Sen evime de gelmedin. Sakıncası yoksa gel bizde iki gün misafir ol," dedim.

Mustafa, bu teklifime şaşırmış gibiydi. "Peki," dedi. "Köyden istediğin bir şey var mı?"

"Hayır, sağ ol," diyerek telefonu kapattım. Adnan akşam işten eve geldiğinde, "Yarın misafirimiz geliyor," dedim.

"Misafir mi?"

"Evet. Teyzemin oğlu Mustafa. İki gün şehirde işleri varmış. Çok iyi bir insandır. Tanışmanı istedim. Birbirinizi çok seveceksiniz. Kafa dengi çocuktur."

"Peki, yarın akşam eve erken gelmeye çalışırım."

O gece sabaha kadar uyku tutmadı. Âşık olduğum erkek, yarın bu saatlerde evimde olacaktı. Aylar sonra da olsa onu görecektim. Sabah erkenden uyandım. Adnan'ı işe uğurladım. Daha sonra dışarı çıkıp alışveriş yaptım. Bir sürü yemek hazırladım. Akşama doğru kapının zili çaldı. Büyük bir heyecanla kapıyı açtım. Sevdiğim erkek karşımda duruyordu. Boynuna sarıldım. Yanaklarından öptüm.

Ayaküstü hal hatır sorduktan sonra onu içeri buyur ettim.

"Bak, burası benim evim. Ama içinde ben yaşamıyorum. Nedenini az çok tahmin edersin. İnsan ancak sevdiğiyle birlikteyken mutlu olabilir."

"Üzgünüm."

"Neyse, boş ver. Senin de gelir gelmez başını ağrıttım. Adnan da neredeyse gelir."

Ben daha lafımı bitirmeden kapının zili çaldı. İçimden söylendim: 'İti an çomağı hazırla. Biraz daha geç gelemez miydin be herif!'

Kapıyı açtım. Adnan'ı Mustafa ile tanıştırdım. Daha önce düğünümde bir kez birbirlerini görmüşlerdi. Biraz sohbet ettikten sonra yemeğe oturduk. Gündüzden her şeyi planlamıştım. Geceyi Mustafa'nın yatağında geçirecektim. Onun için de dışarı alışverişe çıktığımda eczaneye uğramış, bir kutu Diazem almıştım. Mutfakta yemekleri tabaklara koyarken, Adnan'ın tabağına ilacı koydum. Yemek boyunca espri üstüne espri yapıyorlardı. İkisi de birbirlerini sevmişti. Bense sadece çaktırmadan Mustafa'yı izliyordum.

Yemekler yendikten sonra sofrayı toplarken Adnan'ı esnerken gördüm.

"Hayrola! Devamlı esneyip duruyorsun."

"Yemekten sonra bir ağırlık çöktü üstüme. Bugün işler biraz yoğundu. Galiba yorulmuşum."

Adnan'ın gözleri kapandı kapanacaktı. Yatmak için Mustafa'dan izin istedi.

Mustafa da, "Geç oldu. Ben de uyusam iyi olacak," dedi.

Mustafa'ya yatacağı odayı gösterdim. İçeriyi toparladıktan sonra yatak odasına gittim. Adnan, derin bir uykuya dalmıştı. Hayatında hiç horlamayan adam o gece horluyordu. Yanında top atsan duymazdı. İyice emin olduktan sonra yanından kalktım. Yatak odasından dışarı çıktım. Kalbim heyecandan duracak gibiydi. Evlendikten sonra kadınlığımın farkına varmıştım. Üstümdeki her şeyi çıkardım. Çırılçıplak kalmıştım. Mustafa'nın odasına doğru süzüldüm.

Daha uyumamıştı.

"Kim o?"

"Şşşşt. Sessiz ol. Benim."

"Kocan nerede?"

"O şimdi ikinci uykusunda. Sabaha kadar da uyanamaz. Yemeğine uyku ilacı koydum. Domuz gibi uyuyor."

"Sen delisin."

"Seven insan biraz deli olur. Hayatım boyunca bu ânı hayal ettim. Benimle seviş. Artık korkman için bir neden yok."

Mustafa, çıplak bedenime daha fazla dayanamayarak teklifimi kabul etti. Hemen yanına girdim. Parmakları ile göğüs uçlarıma dokunduğunda her tarafım tirtir titremeye başladı. Seks konusunda oldukça tecrübesizdi. Tecrübeli bir kadın olarak bütün gece ona yol gösterdim. İlk birleşmemizden sonra zevk almaya başlamıştı. Sabaha kadar durmaksızın seviştik. İkimiz de yorgun savaşçılar gibiydik. Günün ışıması ile birlikte odadan ayrıldım. Üstümü giyindim. Adnan'ın yanına döndüm. Hâlâ horul horul uyuyordu. Saat sekiz gibi uyandığımda Adnan'ı uyandırdım.

"İşe geç kalıyorsun!"

Söylene söylene kalktı.

"Saat kaç?"

"Sekiz."

"Kafam kazan gibi. Üstümden sanki bir silindir geçmiş. Taş gibi uyumuşum. Akşama Mustafa bizde mi?"

"Evet. Yarın gidiyor."

"O zaman akşama görüşürüz. Selam söyle"

"Oldu. Söylerim."

YORGANI KALDIRMAK

Adnan evden ayrıldıktan yarım saat sonra tekrar soyunup Mustafa'nın yatağına gittim. Uyuyordu. Hemen yorganı kaldırıp yanına sokuldum. Onun yanında kendimi çok huzurlu hissediyordum. Yıllardır bu ânı beklemiştim. Yaklaşık bir saat sonra uyandı.

Gözlerini açar açmaz, "Kocan nerede?" diye sordu.

"İşe gitti."

İyice azmıştı. Külotumu eliyle tuttuğu gibi aşağı sıyırdı. Üstüme çıktı. Bir hayvana dönüşmüştü. Benimle sevişmesinden çok büyük zevk almıştım. O gün öğlene kadar seviştik. Daha sonra kahvaltı bile yapmadan işlerini halletmek için dışarı çıktı.

Evden ayrılırken, "Akşama görüşürüz," dedi.

O gün çok mutluydum. Seneler sonra sevdiğim erkeğe kendimi vermiştim.

Öğleden sonra bütün günüm mutfakta yemek yaparak geçti. Mustafa'nın son gecesiydi. Bu son gecede yine onun yatağında olmak istiyordum. Adnan'ın yemeğine yine Diazem koyacaktım. Bu gece yine mışıl mışıl uyuması gerekiyordu.

Akşam olduğunda Adnan, yorgun argın eve geldi.

"Mustafa nerede?" diye sordu.

"Birazdan gelir. İşleri için koşturması gerekiyormuş."

Mustafa gelene kadar sofrayı hazırladım. Yarım saat sonra kapının zili çaldı. Adnan kapıya baktı. "Hoş geldin Mustafa," dedi.

Hiç zaman kaybetmeden hemen yemeğe oturduk. Benimkileri yine bir muhabbet sardı.

Yemekten sonra, çay faslı...

Mustafa, "Ben içmeyeceğim. Biraz yorgunum. Bugün izninizle erken uyumak istiyorum. Yarın da erken kalkmam gerekiyor," dedi.

Dün akşamki gibi Adnan yine esnemeye başlamıştı. Kendi kendine söylendi. "İki akşamdır bana ne oluyor? Hiç böyle uykum gelmezdi."

Mustafa yüzüme baktı. Bu geceyi yine birlikte geçireceğimizi anlamıştı. Tekrar izin isteyip kalktı. Giderken, “Sizi köye misafir olarak bekliyorum,” dedi.

Adnan da, “Bir hafta sonu inşallah geliriz,” dedi ve esneye esneye odaya gitti.

Daha sonra odaya gittiğimde yine horul horul horluyordu. Hemen odadan çıktım. Mustafa uyumamış, beni bekliyordu.

Soyundum. İkimiz de bunun son gecemiz olduğunu bildiğimiz için hiç zaman kaybetmeden deliler gibi sevişmeye başladık. Bütün gece hiç konuşmadık. Odanın içi bedenlerimizin iniltisi ile inliyordu. Benim için yine gün ışımaya başlamıştı. Yanından zor da olsa ayrıldım. Tekrar Adnan’ın yanına döndüm. Bir süre ağladım. Sevdiğim adamdan tekrar ayrılıyordum. Tek umudum bir gün Adnan’dan ayrılıp Mustafa ile evlenmekti. Onun için de hep resmi nikâh yaptırmaktan kaçtım. Bir gün gelir de Mustafa ile kaçarsam resmi işlemlerle uğraşmayayım diye. Sabah çoktan olmuştu. Mustafa, sessizce giderken örttüğü kapının sesini duydum. O sabah bir parçam içimden sessizce koparak onunla birlikte gitmişti.

Adnan'la evliliğimizin üstünden bir yıl geçti. Adnan, baba olmak istiyordu. Fakat çocuğumuz olmuyordu. Bir gün doktora gittik. Bir sürü tahliller yapıldı ve Adnan'ın hiç çocuk sahibi olamayacağını söyledi doktor. Ama Adnan kusurun kendinde olduğunu hiçbir zaman kabul etmedi. Hep beni suçluyordu. Başka bir doktora da gitmedi. Kendimi çok yalnız ve mutsuz hissediyordum.

ŞANTAJ VE KÜRTAJ

Mustafa, mutlu olmamın tek çıkış yoluydu. Mustafa'ya bir gün telefonda Adnan'ın durumunu anlattım. Her zamanki gibi üzgün olduğunu söyledi. Onunla kaçmayı aklıma koymuştum. Adnan'ı terk edecektim. Mustafa zaman zaman şehre gelip gittiğinde gizlice birlikte olmaya başlamıştık. Bu birlikteliğin sonunda bir gün ondan hamile kaldım. Büyük bir heyecanla Mustafa'yı aradım.

"Galiba hamile kaldım. Bu çocuğu doğurmak istiyorum," dedim.

"Çocuğu doğurman imkânsız. Kocan çocuğu olmadığını biliyor. Bunun hesabını nasıl vereceksin?"

"Beni kaçır. Bu çocuk ikimizin. Onun çocuğu değil. Resmi nikâhımız da yok. Rahat kaçarız."

Mustafa söylediği sözle bir kez daha beni yıktı.

"Ben seninle evlenmek istemiyorum. Üstelik sen evli bir kadınsın. Bu saatten sonra evlenmemiz imkânsız. Kocanı terk etmeni istemiyorum. Çocuğu hemen aldıracağız."

Birkaç gün sonra Mustafa geldi. Gizli gizli gidip çocuğu aldırdık. Bir daha anne olamayacağımı düşündüm. Mustafa'ya kızgındım. Ama sevgim bir türlü ölmek bilmiyordu.

Evliliğimin üstünden iki yıl geçmişti. Adnan, bir akşam hiç tanımadığım bir kadınla eve geldi.

"Kim bu kadın?"

"Kuman."

"Şaka yapıyorsun?"

"Hayır, ciddiyim. Bana bir çocuk veremedin. Bütün problem senden kaynaklanıyor. Doktorun benim hakkımda söylediklerine inanmıyorum. Bak, göreceksin. Bu kadın bana çocuk verecek."

O anda kendimden geçtim. Kadını görsen abla, kara kuru birisiydi. Böyle çirkin bir kadını benim üstüme nasıl kuma diye getirebilirdi? Ağlamaya başladım.

"İğrenç adamın tekisin sen. Eşoğlueşek. Sen şimdi hem bunun koynuna gireceksin hem de benim koynuma. Bunu nasıl kabullenmemi istersin?"

Kadın da başladı ağlamaya.

"Vallahi abla, ben evli olduğunu bilmiyordum. Yaşadığım köye geldi. Ailemle pazarlık yaptı. Başlık parasını verdiği gibi beni kolumdan tutup buraya getirdi. Benim bir suçum var mı? Resmi nikâh bile yapmadı."

"Bu it herif bana da yıllardır resmi nikâh yapmadı," dedim.

Adnan, hemen söze girdi: "Bana bok atma nankör karı. Yıllardır resmi nikâh yapalım dedim, hep acelemiz yok sonra yaparız diyen sen değil miydin?"

"Sen konuşma!" diye bağırdım. "Burada en son konuşması gereken kişi sensin. Hem suçlusun hem de güçlü."

Ağlarken bir anda beynimde şimşekler çaktı. 'Bu kadının gelmesi senin için hayırlı oldu kızım,' dedim kendi kendime. Kocam bu kadınla zaman geçirirken ben de Mustafa ile daha rahat olabilirdim. Bir başka iyi taraf ise evin eski kadını olduğum için bütün ev işlerini bu köylü kadın yapardı. Ben de ayağımı uzatıp rahatıma bakardım. Böylece o anda olayı kendimce kabullendim. Fakat yine de belli etmemeye çalıştım. Odama gittim. Yalandan sabaha kadar ağlama numarası yaptım. Boyu devrilesice Adnan'ın sesi içerden geliyordu. Anlaşılan yeni karısına kur yapıyordu.

O çirkin kadınla sabaha kadar sevişti. Bense Mustafa'yı düşündüm. Kumamı ilk günden beri eşekler gibi evin içinde koşturmaya başladım. Her söylediğimi yapıyordu. Fırsat bulduğum her anda ise Mustafa ile birlikte oluyordum.

Bütün bu olayların üstünden bir yıl geçmişti. Bir sabah uyandığımda aldığım kötü bir haberle şoke oldum. Mustafa evleniyordu. Yıkıldım. Günlerce gizliden gizliye ağladım. Düğünü oldu. Gitmedim. Onu başka bir kadının yanında görmeyi kabullenemezdim. Mustafa ile olan ilişkim artık bitmişti. Adnan'ın yeni karısından da çocuğu olmuyordu. Bu çocuk işini stres yapmıştı. Bok herif artık iyice çekilmez olmuştu. Adnan bir hafta sonu eve yanında oldukça güzel bir kadınla geldi. Kadın, kırmızı mini etek giyinmişti. Uzun bacakları benim neredeyse boyum kadardı. Kumamla birbirimizin yüzüne baktık.

"Kim bu kadın?"

"Karım."

"Ne?"

"İkiniz de bana çocuk veremediniz. Ama bu karımdan çocuğum olacak. Gürültü yapacaksanız sizi bu evde istemiyorum. Canı isteyen hemen evi terk etsin."

"Bunu bana nasıl yaparsın? İlkine sesimi çıkarmadım. Şimdi de ikincisini getiriyorsun. Artık daha fazla boyun eğemem. Ben seni deliler gibi seviyorum. Bu köylü karısıyla bile seni zor paylaşıyorum. Bu yeni kadınla hayatta paylaşamam. Hemen bu kadını şimdi bu evden gönderiyorsun."

YENİ KUMA

"Adnan'dan başka bir şansım kalmamıştı. O evi terk etsem nereye gidecektim. Mustafa ile olan ilişkim ise tamamen bitmişti. Adnan gibi bir salak nasıl olsa bana bakıyordu. Bu köylü kadın da ev işlerimi ve yemeğimi bir hizmetçi gibi yapıyordu. Keyfim yerindeydi. Ama bu yeni gelen kadın çok bilmiş ve güzeldi. Güzelliğini kıskanmıştım. Bu kadınla yatmasını kıskanırdım. Asla bu gerçeği kabul edemezdim. Beni aldatmış gibi olacaktı. Beni anlıyor musun Pınar Abla?"

"Haklısın," dedim. "Peki ama senin Mustafa ile sevişmelerine ne diyorsun? Kocan sence yıllarca bu aldatılmaları hak etti mi? Hem de kendi evinde."

Önce sustu. Arkasından, "O farklı bir şey," dedi.

"Neyse," dedim. "Sonra ne oldu?"

"Yeni kadın beklediğimden de çetin ceviz çıkmıştı. Bana bağırmaya başladı: 'Ben Adnan'ın resmi nikâhlı karısıyım. Yani bundan sonra bu evin patronu benim. Ya benim dediklerimi yaparsınız ya da çekip gidersiniz. Burada kaldığınız sürece bana hizmet edeceksiniz. Elimi sıcak sudan soğuk suya sokturmayacaksınız.'

"Şaşırmıştım. Ne yapacağımı bilmiyordum. Diğer zavallı kadının ağzı var dili yoktu. Bir resmi nikâh yapmamam başıma neler açmıştı. Düzenim o günden sonra bozulmuştu. Birkaç gün sonra Adnan'la yeni karısı bir gece sevişirlerken, evdeki silahı alıp odalarına daldım. İkisi de yatakta çırılçıplaktı.

"'Beni evimde kendi yatağımda aldatıyorsunuz? Ben şimdi bunun bedelini size ödetirim,' diye bağırarak silahı ayaklarına sıktım. Yatak bir anda kanlar içinde kaldı. Oturdum, bir sigara yaktım. Polisleri bekledim. Bir süre sonra gelip beni karakola götürdüler. Geceyi karakolda geçirdim. Ertesi gün hâkim karşısına çıktım. Hâkim beni doğru cezaevine gönderdi.

"Adnan ve yeni karısı ölmemişti. Zaten amacım da bu değildi. Onun için ayaklarına sıktım. İsteseydim onları oracıkta öldürebileceğimi biliyorlardı. Bu yüzden benden şikâyetçi olmadılar ama hakkımda kamu davası açılmıştı. Yaklaşık sekiz ay cezaevinde yattıktan sonra tahliye edildim. Ailem cezaevinden çıktıktan sonra köye dön dedi ama dönmedim."

İYİLİKTEN MARAZ DOĞAR

Cezaevinden çıktığım ilk gün bir paket sigara alıp parka gittim. Karanlık çökmüştü. Gidecek bir yerim ve param yoktu. Ne yapacağımı bilmiyordum. İyice karamsarlığa kapılmıştım. Sinirlerim boşalmıştı. Gözyaşlarıma hâkim olamıyordum. Parktan gelip geçen birkaç insan bana tuhaf tuhaf bakmışlardı. Adamın biri yanıma yaklaştı.

"Niçin ağlıyorsun hanım?" diye sordu.

Kendimi daha da acınacak bir duruma soktum.

"Kötü kaderime," dedim. "Çok sevdiğim bir kocam vardı. Çocuğumuz olmuyor diye gitti üstüme başka bir kadın getirdi. Sonuçta bir kadınım. Bir gece sevişirlerken dayanamadım ve silahı çekip ayaklarından vurdum. Cezaevine düştüm. Bugün daha yeni çıktım. Ailem beni kabul etmedi. Şimdi gidecek yerim yok. Ben kaderime ağlamayıp da neye ağlayayım?"

Adını bile bilmediğim adam bana acımıştı. Evinin kapısını bana açtı.

"Gel gidelim, şimdilik benim evimde kal. Birkaç güne kadar sana bir ev ve iş buluruz. Korkmana gerek yok. Ben evli bir erkeğim ve subayım."

Gitmekten başka bir şansım yoktu. O saatten sonra kim olursa olsun ne fark ederdi ki.

Adamın evine gittik. Evde hiç kimse yoktu.

"Karınız nerede?"

"Endişelenme," dedi. "Gerçekten evliyim. Karım hemşire. Şu anda bir ilçede görev yapıyor. Yakında buraya tayini çıkacak. Bir yaşında bir oğlumuz bile var."

"İsminiz ne?" dedim.

"Serdar."

"Benimki de Şükran."

"Hiç merak etme, Şükran Hanım. Yarından itibaren sana bir iş bakacağım. Bir de ev tutarız. Birkaç parça da eşya aldık mı yaşar gidersin."

"Allah razı olsun sizden. Bu akşam sizi karşıma Allah çıkardı. Bu iyiliğinizi size nasıl öderim?"

"Hiçbir şey ödemen gerekmiyor," dedi. Dolaptan dünden kalmış yemeği çıkardı. Fırında ısıttıktan sonra sofraya oturduk. Bana yatmam için bir oda gösterdi.

"Burası senin odan. İstediğin gibi rahat ol. Televizyon salonda. Ben uyumaya gidiyorum. Yarın erken kalkacağım. Allah rahatlık versin."

O gece mışıl mışıl uyumuşum. Sekiz ay boyunca cezaevindeki yataklarda uyumaktan sırtım tutulmuştu. Sabah uyandığımda Serdar işe gitmişti. Hemen evi gezmeye başladım. Karısı ile evlilik fotoğrafları yatak odasında başuçlarında duruyordu. Güzel bir kadına benziyordu. Sarışın ve mavi gözlüydü.

Akşama kadar evi toparladım ve televizyon seyrettim. Ne yapacağımı bilmiyordum. Akşam olduğunda Serdar eve geldi.

"Bugün senin için iş baktım. Birkaç yere haber bıraktım. Bugün yarın bana dönerler."

Teşekkür ettim. Sofraya oturduk. Dışarıdan alıp getirdiği yemeği yedik. Biraz televizyon izledikten sonra ikimiz de odamıza gittik ve uyuduk. O gece uyumadan kararımı vermiştim. Ne yapıp edip bu evde kalmalıydım. Evi oldukça güzeldi. Adam yakışıklıydı ve iyi bir mesleği vardı. Bu adama kapağı atmalıydım.

Ertesi akşam yaptığım planı devreye sokacaktım. Serdar yine sabah erkenden kalkıp işe gitmişti. Giderken masanın üstüne para bırakmıştı. Dışarı çıkıp alışveriş yaptım. Onun için güzel yemekler hazırladım. Biraz makyaj yaptım. Serdar akşam eve geldiğinde onu kapıda karşıladım. Yüzüme bakıp gülümsedi.

"Gün geçtikçe kendini toparlıyorsun."

"Yemek yaptım size."

"Zahmet oldu."

"Ne zahmeti canım? Bu kadar da olsa bir iş yapayım."

Yemeği yedik. Arkasından bir kahve yaptım. Uyumak için izin istedi. Odasına gitti. Bir-iki saat sonra çırılçıplak soyundum ve yatağına gittim. Uyuyordu. Yanına sokuldum. Bir süre sonra yatağında birisinin olduğunu fark etmiş olmalı ki uyandı. Gözlerini açtığı gibi yattığı yerden fırladı.

"Ne yapıyorsun?" dedi.

"Hiç," dedim. "Beni yanlış anlamanı istemem. Karın yanında yok. Hani erkeksin. Belki canın çekmiştir. Ben de bir kadınım. Erkeklerin bu tür şeyleri özlediğini bilirim. İstersen bu tene dokunabilirsin. Bütün bunlar aramızda sır olarak kalacaktır."

Serdar bana ne kadar dirense de o gece süngüsünü düşürmüştüm. Bu erkek milleti yeter ki çıplak bir ten görmesin. Sabaha kadar seviştik. Sevişmelerimiz birkaç gün devam etti. Artık kendimi o evin sahibi gibi hissetmeye başladım. Rahatlamıştım. Yaptığım plan tutmuştu.

Serdar bana hâlâ iş bakıyordu. Ama artık iş umurumda bile değildi. Serdar'ın işte olduğu bir öğlen vakti evin telefonu çaldı. Telefonun ahizesini kaldırdım.

"Efendim?" dedim.

"Sen kimsin. O evde ne işin var?"

"Siz kimsiniz?"

"Ben o evin sahibi kadınım."

Bir anda jeton düştü bende. Arayan karısıydı. Hemen kendimi toparladım.

"Hanımefendi ben temizlikçi kadınım. Kocanız evi temizlemem için beni tuttu. Evi temizliyorum."

"Ha... öyle mi? İyi temizleyin."

"Merak etmeyin siz. Gayet iyi temizliyorum."

"Sakın yeri sildiğiniz bezi mobilyalara sürmeyin. Mobilya için ayrı bir bez kullanın."

"Siz hiç merak etmeyin. Her yer için ayrı bir bez kullanıyorum."

Kadın telefonu kapattı. Serdar'a karısının aradığını söylemedim. O gece yine seviştik. Ertesi gün yine telefon çaldı. Telefonu açtım.

"Efendim?" dedim.

"Sen kimsin?"

"Siz kimsiniz?"

"Serdar'ın karısıyım."

"Ben de temizlikçi kadınım."

"Her gün ev mi temizlenir? Daha dün temizlik yapmadınız mı?"

Şaşırmıştım. Ne söyleyeceğimi bilmiyordum. Aklıma gelen sözleri söylemeye başladım:

"Dün temizlik yaptım. Eşiniz beni köyden getirtti. Yatılı olarak burada kalıyorum. Evi temizleyip eşinize yemek yapıyorum. Ben bilmem hanımefendi. Köylü bir kadınım. Kocanıza sorun."

"Siz kocama bir şey söylemeyin. Temizliğinizi yapmaya devam edin."

Serdar akşam eve geldiğinde yine bir şey söylemedim. Akşam sofraya yeni oturmuştuk. Kapı çaldı.

Serdar, "Bu saatte kim olur?" dedi. Kapıyı açmaya gitti. Ben de hemen mutfaktan çıkıp arkasından gittim.

Kapıyı açtığında karısı ve çocuğu karşısında duruyordu.

"Akşamın bu vakti ne güzel bir sürpriz. Bakın kimler gelmiş. Babasının oğlu ve karısı gelmiş."

Hemen çocuğu karısının kucağından aldı ve öpmeye başladı. Kadının gözleri beni arıyordu. Serdar'la ilgilendiği yoktu.

"Kim bu kadın Serdar?"

"Şükran."

"İsmini sormadım. Bu evde ne işi var? Yatılı temizlikçi kadın tutmanı kim söyledi?"

"Yatılı temizlikçi mi?"

"Evet. Telefonda bana öyle söyledi."

"Siz telefonda mı konuştunuz?"

"Evet. Hem de iki kez. Sana söylemedi mi?"

Serdar bana baktı.

"Kusura bakmayın beyim. Size söylememi eşiniz tembih etmişti."

"Serdar, endişelenmene gerek yok aşkım," dedi ve sevişmemizin dışında benimle ilgili bildiği her şeyi karısına anlattı.

Karısı bana 'zavallı kadınmışım' gibi bakıyordu.

Kocasına, "Ben de güzel bir kadın sandım. Kıskanılacak bir tarafı yokmuş," dedi.

Bu sözler beni aşağılamaktan beter etmişti.

"Şükran, yaşamış olduğun olaylara üzüldüm. İstersen burada kalabilirsin. Yakında tayinim buraya çıkıyor. Ben çalışan bir kadınım. Bizim de bebekten dolayı bir kadına ihtiyacımız olacak. Bütün masraflarını karşılarız. Bir de sana aylık maaş bağlarız."

Bu teklife hayır diyemedim. "Sizin de söylediğiniz gibi köylü bir kadınım. Siz daha iyi bilirsiniz. Eğer istiyorsanız kalabilirim."

O gece sabaha kadar uyuyamadım. Kadının bana acıması hiç hoşuma gitmemişti. Aklıma koydum. Bu ev ikimize dar gelirdi. O kadın çok yakın bir zamanda bu evden gidecekti. Ne yapıp edip kadınla Serdar'ın ilişkisini bitirmeliydim.

Ertesi gün erkenden kalkıp ev işleri yapmak hiç hoşuma gitmemişti. Kadın ise bütün gün ayağını uzatıp bana 'Bunu getir onu götür' diyordu. Kadını hiç sevmemiştim. Akşam Serdar eve geldi. Sofrayı hazırladım. Birlikte baş başa yemek yediler. Sonra arkalarından ben yemeğe oturdum. Sinirlerim bozulmuştu. Ama hiçbir şey belli etmemeye çalışıyordum. Yalnız başıma yemeğimi yedikten sonra bulaşıkları yıkamaya koyuldum. Çocuk ağlamaya başladı. İçerden o iğrenç kadının sesini duydum:

"Şükran, bebeğin mamasını hazırlar mısın?"

Aklıma o anda bir fikir geldi. Pul biber kavanozunu raftan indirdim. Birkaç çay kaşığı acı biberi hazırladığım mamanın içine koydum. İçeriye geçtim.

"Siz demlediğim çayı içerken ben de mutfakta çocuğun mamasını yedireyim," dedim. Çocuğu mutfağa götürdüm. Ağlata ağlata hazırladığım acılı mamayı bebeğe yedirdim. Kadın oturduğu salondan arada bir, "Niçin ağlıyor?" diye seslendi. Ben de durumu idare ettim.

Bebeğin yediği acılı mamadan dolayı sesi bile çıkmıyordu. Yüzü kıpkırmızı olmuştu. Kucağımda uyuklamaya başladı. Kucakladığım gibi odasına götürdüm. İyice halsizleşmişti. Korktum. Hemen salona geçtim. Boşalan bardaklarını doldurdum.

Kadın bebeği sordu.

"Mamasını mızmızlanarak yedi. Sonra da hemen uyudu. Odasına götürdüm. Şimdi mışıl mışıl uyuyor. Merak etmeyin."

Kadın, "Allah Allah, bu saatte uyumazdı ama..." dedi.

Ben de, "Daha yemeği yerken gözlerini ovuyordu. Bugün yoruldu herhalde yavrucak," dedim.

Kadın, "Evet haklısın galiba," dedi. Bir-iki saat sonra da Serdar'la birlikte odalarına gittiler.

KOMPLO

Yine yalnız kalmıştım.

O adamın yanında ben olmalıydım. Kendi kendimi teselli etmeye çalıştım. "Şimdi o kadın onun yatağında olabilir ama sabah o yataktan ben uyanacağım."

Daha yeni uykuya dalmışlardı ki, bebek ağlamaya başladı. Kadın uykusundan sıçradı. Bebeğin odasına koştururken ayak seslerini duydum. Bebeğin odasından Serdar'a seslendi:

"Canım çok ateşi var. Ne yapacağız?"

Serdar, "Hiçbir şeyi yoktur. Biraz pişpişle de sussun. Yarın gece nöbetçiyim. Uyumam gerekiyor," dedi.

Kadın bütün gece çocuğu susturmaya çalıştı. Bir ara yanına gittiysem de yardımımı istemedi.

Yaptığım plan kusursuz işliyordu. Sabaha doğru bebeğin ağlaması kesilmişti. Yatağımdan kalktım. Sessizce bebeğin odasına girdim. Bebek, kadının bacaklarının üstünde bir minderde uyuyordu. Kadının ise içi geçmişti. Bütün gecenin yorgunluğu ile oturduğu yerde uyuyakalmıştı.

Odadan sessizce çıktım. Yatak odasına doğru ilerledim. Kafamı kapının aralığından içeriye doğru uzattım. Serdar mışıl mışıl uyuyordu. İçeri girip kapıyı aralık bıraktım. Soyunmaya başladım. Elbiselerimi odanın her tarafına dağıttım. İç çamaşırlarımı çıkardım. Çırılçıplak kalmıştım. Tan vaktinin ilk ışığı gibi yatağa süzüldüm. Gözkapaklarım artık düşüyordu. Daha fazla uykusuzluğuma karşı koyamadım. Serdar'ın yanında sızıp kalmışım. Kaç saat uyuduğumu hatırlamıyorum ama bir çığlık sesi ile uyandım.

Gözlerimi açtığımda çığlığı atanın Serdar'ın karısı olduğunu gördüm. Yatak odasının kapısı önünde ağlıyordu. Bedeni saatlerdir soğukta kalmış bir çocuğun bedeni gibi titriyordu.

"Bunu bana nasıl yaparsın aşağılık adam?" diye bağırıyordu. "Bunu bana nasıl yaparsın? Benim yatağımda bunu bana nasıl yaparsın?

Hem de çirkin bir köylü kadınla. Oturup kalkmasını bile bilmeyen bir kadınla. Ben o 'hilkat garibesi' kadından daha çirkin biri miyim?"

Serdar'a dönüp baktığımda daha yeni yeni uykulu gözlerini açmaya çalışıyordu.

"Ne oldu? Bu çığlık da neyin nesi? Bebeğe bir şey mi oldu?" diye kendi kendine konuşuyordu.

Beni yatakta yanında çırılçıplak görünce uykulu gözleri faltaşı gibi açıldı.

"Senin burada ne işin var?" diye sordu.

Serdar olup bitenleri anlamaya çalışıyordu. Bense yatağın ortasında çırılçıplak bağdaş kurmuş oturuyordum. Sesimi çıkartmıyordum. Kadın zaten avaz avaz bağırıyordu. Bir ara kapının önüne dizüstü çöktü. İki büklüm oldu. Serdar, yattığı yerden kalkmış ayakta put gibi duruyordu. Ne yapacağını bilmiyordu. Yatakta çırılçıplak bir kadın. Kapının önüne çömelmiş bir kadın. Ayakta her iki kadını izleyen bir erkek.

O an Serdar'ın yerinde olmak istemezdim. Kadın çöktüğü yerden kapıya tutunarak kalktı. Nutku tutulmuştu sanki. Arkasını dönüp odadan çıkarken, "Seni boşayacağım iğrenç herif!" diye seslenebildi.

Serdar yaşadığı olayın şokunu üzerinden attıktan sonra bana saldırmaya başladı. Bir tokat attı.

"Ne yaptın sen? Yuvamı dağıttın. Nasıl gelirsin bu şekilde yatağıma?"

Ağlamaya başladım. "Benim bir suçum yok," dedim. "Karının evde olduğunu bir anda unuttum. Sabaha doğru canım seni çekti. Yanına geldiğimde uyuyordun. Ben de soyunup yanına girdim. Uyandığında seninle sevişip öyle işe göndermek istedim. Sürpriz olsun dedim senin için. Ama karının varlığını bir an için de olsa unutmuşum. Şimdi sen beni suçluyorsun," dedim.

Beni daha fazla dinlemedi. Yatak odasından çıktı. Ben de yataktan kalktım. Üstümü giyindim. Sabahın ilk ışıkları perdeyi yırtarcasına içeriye sızıyordu. Serdar'ın sesini duydum. Karısına yalvarıyordu.

"Durum bildiğin gibi değil. Hiçbir şeyden haberim yok. Ben uyuyordum. Kadın öylesine gelip yatağımıza girmiş. Onunla aramızda hiçbir ilişki olamaz. Ben senin üstüne başka bir kadın tanımam."

"Aşağılık herif," dedim. "Benim gibi bir kadını sen aşağıla, o kadını da göklere çıkar."

Ama kadın onu dinlemedi ve Serdar'ın yüzüne tükürerek bebeğini de alıp evi terk etti. Yaptığım plan o âna kadar kusursuz işlemişti. Ev bana kalmıştı. Serdar o gün işe gitmedi. İşyerine telefon açıp izin istedi. Evde bir hayalet gibi dolaşıyordu. Sigara üstüne sigara yakıyordu. Öğlen gibi yine bana sataşmaya başladı:

"Yuvam senin yüzünden dağıldı. Ben şimdi ne yapacağım? Sana iyilik yaptım, evime aldım. Fakat senin bana yaptığına bak. Seni de bu evden kovuyorum. Git nerede kalıyorsan kal!"

Baktım ki iş ciddi. Pabuç pahalı. Adam beni evden kovuyor. Başladım ağlayıp sızlanmaya.

"Sen beni boş ver. Ben de olup bitenlerin yaşanmasını istemezdim. Ben sizin yuvanızı yıkmak istemedim. Merak etme. Kendimi feda eder, yuvanı kurtarırım."

Serdar'dan karısının cep telefonu numarasını aldım. Evdeki telefondan kadını aradım. "Lütfen," dedim. "Telefonu kapatmadan bir an olsa da beni dinleyin."

Kadın, "Daha ne istiyorsun?" dedi.

Telefonda konuşurken tekrar ağlamaya başladım.

"Bacı, ben yaptım siz yapmayın. Ben sizin de söylediğiniz gibi cahil bir köylü kadınım.

Kocanızla aramda hiçbir ilişki olmadı. O gece uyku sersemliği ile odanıza gitmişim. Kocanız sizi çok seviyor. Şimdi burada çocuklar gibi ağlıyor. Gelin yuvanıza ve kocanıza bir an önce sahip çıkın."

Kadın, benim konuşmam üzerine biraz yumuşamıştı. "Eğer," dedi, "sen o evi terk edersen belki dönebilirim."

"Ben de hemen evi terk ediyorum. Artık bu olaydan sonra bu evde ben de yaşayamam," dedim ve telefonu kapattım.

ŞEYTANIN GÖZYAŞLARI

Serdar'a karşı masumiyet oyununu oynamaktan başka çarem kalmamıştı. İyice köşeye sıkışmıştım. O evden çıktığımda gidecek bir yerim yoktu.

"Beni affet," dedi Serdar. "Ne merhametli bir kadınmışsın. Bu yaptıklarınla yuvamı dağıtacak bir kadın olamazsın. Evliliğimi kurtarmak için kendini feda ettin. Şimdi nereye gideceksin?"

"Beni boş ver. Sen yuvanı kurtar. Gidecek bir yerim yok. Şimdilik sokaklarda idare ederim."

Serdar'a iyice duygu sömürüsü yapmıştım.

"Seni sokaklarda bırakmam," dedi. "Al şu parayı. Git şimdilik falanca otelde kal. Sana bir ev kiralayıp birkaç parça da eşya alacağım. Bir de iş bulacağım."

Parayı aldığım gibi eşyalarımı toparlayıp evi terk ettim. Serdar, karısı ile birkaç gün sonra barışmıştı. Kaldığım otelde her gün Serdar'ı bekliyordum. Dördüncü günün sonunda otele geldi.

"Gidiyoruz," dedi.

"Nereye?"

"Sana bir ev kiraladım ve iş buldum. Gerekli olan bütün eşyaları da aldım. Şimdilik her ay evin kirasını ben ödeyeceğim. Bir hastanede çalışacaksın. O insanlara bir tanıdığım olduğunu söyledim. Namusunla çalış. Sakın ola adını kötüye çıkarma. Sana bir de tavsiyem var. Ailenle en yakın zamanda barışmayı dene. Sonra iyi bir kısmetin çıkarsa da evlenip tekrar kendi yuvanı kurarsın."

Ayaklarına sarıldım. Ellerinden öpmek istedim. Kollarımdan tuttu. Beni ayağa kaldırdı.

"Hadi evine götüreyim seni."

Belki Serdar'dan olmuştum ama aç ve açıkta kalmamıştım. Yeni eve gittik. Oldukça şirin bir evdi. Serdar beni eve bırakıp gitti. Evden ayrılırken de masanın üstüne bir kartvizit bıraktı.

"Yarın sabah bu adrese gidiyorsun. Orada Nazmi Bey'i bul. Benim tarafımdan geldiğini söyle. Sana gerekli ilgiyi gösterecektir."

O gece yeni yatağımda huzur içinde uyudum. Sabah erkenden kalktım. Kartvizitte yazan adrese gittim. Nazmi Bey daha gelmemişti. Yaklaşık bir saat hastanede oturup onu bekledim. Sekreter kız bir ara bana seslendi: "Nazmi Bey odasında sizi bekliyor."

Odaya girer girmez beni gülümseyerek karşıladı.

"Hoş geldin kızım. Demek Serdar'ın yakınısın. Sana bir iş ayarladım. Hemen başla çalışmaya. Serdar, seni bana emanet etti. Gözüm hep üstünde olacak. Ona göre davranışlarına dikkat et."

Nazmi Bey oldukça yaşlı ve tatlı bir insana benziyordu. Hastanenin temizlik işleri kadrosunda göreve başladım. Bazı geceler canım birileri ile seks yapmak istiyordu. Ama kiminle? Birkaç hafta sonra gözüme stajyer doktorlardan birini kestirdim. Adam çok genç ve yakışıklıydı. Odasını temizlerken ufak ufak sohbet kurmaya başlamıştım.

"Ne zamandan beri doktorsunuz? Evli misiniz? Nerede kalıyorsunuz? Yemeğinizi kim yapıyor? Çamaşırınızı kim yıkıyor?"

İlerleyen günlerde doktorla muhabbeti koyulaştırmıştım. Odasını temizlerken bazen bacaklarımı hafifçe açıyordum. Göğüslerimi kısmen gösteriyordum. Ne de olsa bekâr bir erkek. Ha deyince de buralarda seks yapacak kadını bulmak kolay mı?

Yine bir gün odasını temizlerken doktorla sohbet ediyorduk.

"Çamaşırınızı eğer isterseniz getirin evde ben yıkayayım. Benim için sakıncası yok. Nasıl olsa evde yalnızım. Üstelik de dul bir kadınım," dedim.

Doktor bir anda dört göz olmuştu. Damarlarındaki kan akışının hızlandığını hissettim. "Ben de isterdim ama size zahmet olmasın," dedi.

"Ne zahmeti canım. Ben nasıl olsa elimde yıkamıyorum. Çamaşır makinesi yıkıyor," dedim.

Doktor, "Peki, bu akşam çamaşırlarımı bir çantaya koyup getireyim."

"Aç gel. Sana bir güzel de yemek yaparım."

"O zaman ben de bir şişe şarap alayım. İster misin?"

"İyi olur. Bir-iki kadeh içeriz."

Akşam yakışıklı doktor eve geldi. Elinde tuttuğu çantayla, şarap poşetini aldım. Heyecanlı olduğu belliydi. Kafasında benimle bu akşam yatacağının hesabını yapmıştı. Yanlış anlaşılmaktan çekiniyordu. Bu yüzden temkinli davranmaya başlamıştı. Yani senin anlayacağın Pınar Hanım, bütün iş bana düşmüştü. Ben de hazırdım. Ama biraz zamanın geçmesini bekliyordum.

"Acil değilse çamaşırlarını yarın sabahtan makineye koyayım. Yarın akşam da gelip alırsın," dedim.

"Benim için acelesi yok. Yarın akşam da alabilirim."

Yemeğe oturduk. Yemek yerken oradan buradan konuşmaya başladık.

"Biliyor musun?" dedim.

"Neyi?"

"Dul bir kadın olunca erkeksizlik çok zor. İnsan bazen tenine dokunan bir el istiyor. Yatakta bazen yalnızlıktan dört dönüyorsun."

Bu sözlerim üzerine doktorun neredeyse yemek boğazında kalıyordu. Hemen öksürmeye başladı. Şaraptan bir yudum aldı.

"Kusura bakma," dedi.

"Hiç önemi yok," dedim.

"Sen bekâr bir erkek olarak bu durumlarda ne yapıyorsun?"

Doktorun yüzü kıpkırmızı olmuştu.

"Özür dilerim," dedim. "Galiba içtiğim şarap beni çarptı. Alkolle pek fazla aram yoktur. İçince de sapıtıyorum."

Yemeği bitirmiştik. "Hiç sofrayı toparlamadan içeri salona geçelim. Çok sevdiğim bir dizi başlamak üzere."

Şarap kadehlerimizi alıp salona geçtik. Televizyonu açtım. Doktorla çok sevdiğim ikili koltuğa oturduk. Şarabımdan bir yudum alıp bir sigara yaktım. Doktorda hâlâ yanlış anlaşılır mıyım kaygısı vardı. Baktım olmuyor, doktorun omzuna başımı yasladım. Sonra gözlerine baktım. Dudaklarından öptüm. Elinde tuttuğu şarap kadehini sehpaya bıraktı. Elleri ile göğsümü sıktı. Tişörtümü kaldırarak elini içeriye soktu. Deliler gibi öpüşüyorduk. Birkaç saniyede ikimiz de çırılçıplak kalmıştık. O anda erkeksiz kalmanın ne kadar kötü bir şey olduğunu düşündüm. O geceki sevişmelerimiz hemen hemen her akşam tekrarlandı. Bir akşam yine sevişirken, odamın kapısında Serdar belirdi. Kendisine yaptırdığı yedek anahtarı kullanarak içeri girmişti. Gördüğü manzara onun için sürpriz olmuştu.

"İğrenç kadın," dedi. "Senin ruhunda meğerse orospuluk varmış. Daha bir ay olmadan yaptığın şeye bak."

Doktora baktı. "Sen kimsin?" diye sordu.

"Ben doktorum," dedi.

"Şükran'ın çalıştığı hastanede mi doktorsun?"

"Evet."

"Şimdi de demek seni ağına düşürdü. Yarından itibaren kendine bir ev bul. Eşyaları yarın aldırıyorum. Evin kirasını da artık ödemiyorum. Defol git, sürtük karı!"

Serdar bu lafları söyledikten sonra gitti. Doktor ise arkasından giyindiği gibi evden kaçtı.

Yine sokaklarda kalmıştım. İstanbul'a bir otobüs bileti aldım. Burada kadın sığınma evinin olduğunu biliyordum. Televizyonda izlemiştim. Bir daha dönmemek üzere Kayseri'den ayrıldım.

* * *

Şükran'ın hayat hikâyesini dinlerken şoke olmuştum. Kadın sığınma evinin bir yetkilisi olarak ne yapacağımı şaşırdım. Bir sabah Şükran ekmek almaya gitti ve bir daha da dönmedi.

Haftalar sonra Şükran'dan bir telefon aldım.

"Beni sakın başka bir yerde aramayın. Ben iyiyim. Her sabah ekmek almaya bakkala giderken karşı sitenin güvenlikçisini gözüme kestirmiştim. Adam evli ve iki çocuğu var. Ama bu benim için önemli değil. Bana ayrı bir ev açtı. Haftada bir gelip bende kalıyor. Bana geldiği zaman onu özlediğime inansın diye, akıl almaz bir şekilde gözyaşları döküyorum. Sevgi gösterisinde bulunuyorum. Ona âşık olduğumu sansın. Biliyor musun Pınar Hanım? İstanbul, pahalı bir şehirmiş. Tabii onun verdiği para ile geçim zor. Sağ olsun onun olmadığı zamanlarda da konfeksiyon mağazası sahibi sevgilim, beni gül bahçesinde yaşatıyor. Size bana yaptığınız iyiliklerden dolayı teşekkür ederim."

Şükran'dan bir daha ses seda çıkmadı.

Kadınlara karşı olan güvenim bir kadın olarak sarsılmıştı.

Hayat kadını kokuyor sokaklar
Çok pazarlık, çok beden
Gözler ihanetin kendisi
Ağlayan gözlere ihanet eden
Ağlamak değil mi?

SEKİZİNCİ İTİRAF
GÖZLER KAPALI

"Erkek erkek gibi olmalıdır, güçlü ve çocuksu!"

Françoise Sagan

ALDANMAK

Kimin sadık olduğuna, kimin olmadığına karar vermek imkânsızdır. Çünkü kimse bir başkasının içinden neler geçtiğini bilemez. Ve hiçbir ihanet asla birbirine benzemez. Kimin suçsuz, kimin suçlu olduğuna karar vermeye çalışmak da saçmadır. Çünkü herkes hem suçludur hem de suçsuz. Herkes daha fazla bir şeyler olması gerektiğini düşündüğü için suçludur. Daha fazla heyecan, daha fazla gurur okşayacak şeyler, daha fazla önem, daha fazla mutluluk. Ve herkes bu 'daha fazla'nın bedelini bilmediği için de suçsuzdur.

İstemek bir erkeğe düµşerken, kadının görevi ise onu reddetmek değil mi?

Neden erkeğin sadakatsizliği ağızlarda sakız olmuşken, kadının sadakatsizliği bir sır perdesi gibi gizemini koruyor. Neden erkekler birlikte olduğu kadının kendisini aldatmayacağını düşünür? Bay mükemmel olduğumuz için mi?

Rumelihisarı'nda her pazar olduğu gibi kahvaltımı yapıyordum.

Telefonum çaldı.

Telefonun diğer ucundaki mutsuz ses, "Hayatım altüst oldu," diyordu. "Çok kötü bir durumdayım. Konuşmaya ihtiyacım var."

"Hemen atla gel," dedim Selami'ye.

KARIM BENİ ALDATIYOR

Kahvaltımı bitirmek üzereydim. Masadaki arkadaşlardan izin isteyip boş bir masaya geçtim. Selami'nin ruh halinin başka insanları kaldırmayacağını düşündüm.

Selami'yi bir akşam beş yıldızlı otellerden birinin kokteyl salonunda tanımıştım. O akşamki tanışmamız ilerleyen günlerde dostluğa dönüşmüştü.

Kırk dört yaşındaydı. Zengin ve oldukça yakışıklıydı. İyi bir eş ve iyi bir babaydı.

Selami'yi hiç bu kadar kötü görmemiştim.

"Burası kalabalık," dedi. "Daha sessiz bir yere gidelim. Çevremde bir tane bile insan istemiyorum."

"O zaman eve gidelim," dedim. "Bol miktarda içkim ve sigaram var."

Çayımdan bir yudum aldım. Masadan kalktım. Yan masada oturan arkadaşlara seslendim: "Kusura bakmayın. Acil bir durum. Gitmem gerekiyor. Benim hesabımı ödeyen kahramana bir dahaki sefere ben kahvaltı ısmarlıyorum."

Eve geldik. Mutfağa girdim. Kendime bir kahve yaptım. Selami'ye ise bir kadeh viski koydum.

"Biliyor musun," dedi, "bir yerde yanlış yaptım, ama nerede?"

"Bu soruna cevap verebilmem için neler olduğunu bilmem gerekiyor," dedim.

Selami, gecenin karanlığında süzülen bir martı gibiydi. Sanki karanlığa kanat çırpıyordu. Gözleri sadece uzaktan yansıyan ışığı algılayabiliyordu. Belli ki artık kanat çırpmaktan yorulmuştu. Diğer martıların yaptığı gibi konabileceği bir çatı arıyordu. O anda gerçeği gözlerinde gördüm. Bir kadının 'ihanet aynası'nda kendi gerçeğini görmüştü.

"Karım Merve, beni aldatıyormuş!"

"Ama nasıl olur?" dedim gayri ihtiyari. "Herkes sizin evliliğinizi örnek gösteriyordu. Hayatımda sizin kadar uyumlu bir çift görmedim. O sinema senin, bu tiyatro benim. Ve her şeyden önemlisi aynı dilden konuşuyordunuz."

"Evet, ben de öyle sanıyordum. Ama meğer her şey bir yalanmış. Hayatım boyunca Merve'den başkasını sevmedim. Ve hayatım boyunca da ona hep sadık kaldım. Ta ki geçen haftaya kadar."

"Ne yani? Şimdi geçen hafta başka bir kadın mı girdi hayatına?"

"İş toplantısında bir kadınla tanıştım. Ertesi gün aradı beni. Yemeğe davet etti. O günün akşamı buluştuk. Bir restorana gittik. Bütün gece genelde iş hakkında konuştuk. Gecenin ilerleyen saatlerinde sohbet özel yaşamlarımıza geldi. Beş yıl önce kocasından boşandığını söyledi. Yalnız bir kadındı. Ben ise evli ve bir çocuğumun olduğunu söyledim."

EVDE TEK BAŞINA

"Hesabı ödedikten sonra restorandan ayrıldık. Kapının önüne geldiğimizde görevliye, 'Bir taksi çağırabilir misiniz?' dedi. Hemen söze girdim. 'Arabanız yok mu?' diye sordum. Evinin yakın olduğunu, o yüzden bu akşam arabasını almadığını söyledi.

"Görevliye dönüp taksiye gerek olmadığını söyledikten sonra kendisini eve bırakmayı teklif ettim. Teklifime 'hayır' demedi. Evi gerçekten yemek yediğimiz yere çok yakındı. Boğaz'da oturuyordu. Beş dakika sonra evinin önüne geldiğimizde arabadan indi. Açık olan pencereden, bana yemek için teşekkür etti. Tam arkasını dönüp gidecekken o da bana yukarı çıkıp birer kahve içmeyi teklif etti.

"Merve ve oğlum o hafta tatile gitmişlerdi. Evde yalnızdım. Beni bekleyen biri yoktu. Teklifini kabul ettim. Ayağımızı kapıdan içeri atar atmaz kadın elimden tuttu. Öpmeye başladı. Bir anda ne olduğunu anlamadım. Çok ateşli öpüşüyordu. Kısa bir süre sonra dudaklarımın uyuştuğunu hissettim. Hoşuma gitmedi desem yalan olur. Hemen oracıkta kapının önünde seviştik. Bu sevişmelerimiz sabaha kadar sürdü. Sabah olduğunda hemen toparlanıp kendimi sokağa attım. Hayatımda Merve'yi ilk kez de olsa aldatmıştım. Bu beni çok rahatsız etti. O gece on dört yıllık evlilik hayatımda ilk kez karımı aldatıyordum. Keşke o geceyi yaşamasaydım," diye hayıflandıktan sonra, "yaşamda hiç keşkelerin var mıdır senin?" diye sordu Selami.

"Yaşadığın şeylerin keşkeleri olmaz. Onlar artık keşkeden çıkmış, birer gerçeğin olmuştur senin," diye cevap verdim.

"İnancın var mıdır peki?"

"Evet. İnsanı ayakta tutan şeyin inançları olduğuna inanırım."

"Ben de inançlı bir insanım. Yaşadığın her şeyde bir hayır olduğuna inanırım. Hani bir olumsuzluk başına gelir ya... İnsanlar hemen 'Canını sıkma,' der. 'Her işte bir hayır vardır.' Bu batıl olan inanışa iyice inanmaya başladım. Hayatımda bir gecelik yaşadığım bu kaçamak ilişki, on bir yıldır benden saklanan bir gerçeği ortaya çıkardı. Merve'yi aldattığım için sevinmeli miyim yoksa üzülmeli miyim bilmiyorum?"

"Sen karar ver," dedim. "Hangisine sevinip hangisine üzüleceğine."

"Hiç sevdiğin kadından boynuz yedin mi?"

"Ben mantıklı bir insanım. Başka erkeklere boynuz taktığıma göre, onlar da bana boynuz takmışlardır. Ama o kadınların benim için bir değeri yoktu. Benim kadınlarımın da o erkekler için bir değeri olmadığını düşünüyorum. Ama sevdiğin bir kadının erkeğine boynuz takmasının acısı bir başka oluyor. Zehirli bir akrebin vücuduna zehrini şırınga etmesi gibi. Ağır ağır öldüğünü hissediyorsun. Ama ölmüyorsun. Sadece bedenin kısmi felç geçiriyor."

"Ben ise ağır ağır öldüğümü hissediyorum," dedi.

"Hayır, ölmüyorsun. Sadece yaşadıkların seni süründürüyor. Bırak, süründürsün. Buna karşı koyma. Yaşadıklarından kurtulmak için sürünmeye ihtiyacın var."

"Bilmiyorum," dedi. "Merve ile yaşadığım aşkın büyüklüğüne geçen haftaya kadar inanmıştım. İlk sekiz yıl çocuk bile yapmadık. Kendi çocuğumuzu bile kendimizden kıskandık. Acaba çocuk olsa birbirimize karşı sevgimiz azalır mı diye. O yüzden şu anda altı yaşında olan oğlumuzu zor bir kararın sonunda dünyaya getirdik. Şimdi ben ne yapacağımı bilmiyorum."

"Bak Selami," dedim, "geldiğinden beri sağ gösterip sol vuruyorsun. Yaşadığın olay ne ise bana bir çırpıda anlatır mısın? Ne düşünüp ne yorum yapacağımı bilmiyorum. Bildiğim bir olay üstüne konuşmayı tercih ederim."

"Peki, peki," dedi. "Merve'yi aldattığımı kendisine itiraf ettim."

Oturduğum yerden zıpladım.

"Ne yaptın? Ne yaptın?"

"Merve'den özür dileyerek, onu geçen hafta başka bir kadınla aldattığımı itiraf ettim. Ve beni affetmesini istedim."

"Ne yaptın seni salak adam!" dedim şaşkınlıkla. "Bir kadına bildiğin doğruyu söylemek zorunda mısın? Kendi ölüm fermanını neden kendi elinle imzaladın? Onun o güçlü kadınlık duygularını neden hesaba katmadın? Bu durumda sana vereceği cevap, seni aldatmaktan başka bir şey olamaz. Ben senin yerinde olsam bu noktadan sonra boşanırım. Aldatan ben olsam bile. Kadın, kendisine yapılan hakareti hiçbir zaman unutmaz. Bunu ölene kadar senin başına kakar."

"Bu kadar tepki göstermene gerek yok. Bu söylediklerinin hepsini yaşadım. Maalesef geç kaldın. Bunları bana daha önce söylemeliydin. Şimdi rahat ol. Sadece beni dinle."

SÜT DÖKMÜŞ KEDİ

O gece yaşadığım bu ilişki beni müthiş bir pişmanlığa sürükledi. Bir hafta boyunca her şeyi sorguladım. Merve'ye karşı duyduğum suçluluk duygusu içimi tırmalamaya başladı. Dün akşamki yemekte, "Sana bir şey söylemek istiyorum, Merve," dedim.

Beni merakla dinlemeye başladı.

"Nasıl söyleyeceğimi bilmiyorum! Geçen hafta sen tatildeyken ben bir hata yaptım. Yaptığım bu yanlışın karşısında günlerdir eziliyorum. Sana itiraf etmek ve senden beni affetmeni istiyorum. Ben seni başka bir kadınla aldattım. Seni seviyorum. Ne olur beni affettiğini söyle."

Merve, şaşkınlıkla yüzüme baktı. Bir anda bağırıp çağırmaya başladı. Bir taraftan da ağlıyordu:

"Bunu bana neden yaptın? Madem yaptın, neden gelip de bana söyledin?"

Süt dökmüş kedi gibiydim. Söylediğime pişman olmuştum. Hıncını alamıyordu.

"Demek benim kadınlık gururumla oynamak senin hoşuna gidiyor. Ben de o zaman senin biraz erkeklik gururunla oynayayım da gör," dedi.

"Saçmalamayı kes," dedim. "Saçmalamıyorum," dedi. "Bu akşam bizim için itiraf akşamı olsun. Ben de senin gururunu kırmak istiyorum. Sana bilmediğin bir gerçeği söylemek istiyorum. Çok samimi olduğun arkadaşın Kaan ile on bir yıldır yatıyoruz."

O anda ne duyduğumu bile algılayamadım.

"Sen ne söylediğinin farkında mısın?" diye sordum Merve'ye.

"Ne söylediğimin farkındayım. Kaan ile on bir yıldır ilişkimiz var. İnanmıyorsan git kendisine sor."

O ânı sana anlatamam. Dünya sanki başıma yıkıldı. Ne söyleyeceğimi şaşırdım. Aldatmanın pişmanlığını yaşarken, beni çok seven karımın yakın arkadaşımla yıllardır beni aldattığını öğrendim.

Kendini benim yerime koyar mısın? Bu kaçamak ilişkiyi yaşamasam ve itirafta bulunmasam, aldatıldığımdan haberim olmayacakmış. On bir yıldır olmadığı gibi.

Ben yaptım ve yaptığımın pişmanlığı altında ezildiğim için itiraf ettim. Ve ondan beni affetmesini diledim. Ama o bunu bana nasıl yapabilir? Hadi bir kez olsa anlayacağım. Hem de on bir yıldır. Belki de benim yatağımda. Şimdi ben ne yapacağım?

Arkadaşım sandığım şerefsiz adama gidip sence nasıl sormalıyım? "On bir yıldır karımla yatıyormuşsun? Söyle şerefsizin piçi. Bu duyduklarım doğru mu?" diyeceğim? Gidip sormaya bile korkuyorum. Bir başkası ile kendi ilişkimi nasıl konuşabilirim? Kendi karım hakkında ne sorabilirim? Bana, "Evet, karınla birlikteyiz," derse ne yaparım? "Karın, benimle sevişmekten zevk alıyordu," diye cevap verirse ne yaparım?

Bu durumda sence Merve'nin gerçek kocası kim? Resmi olan kocası ben miyim yoksa on bir yıldır birlikte olduğu erkek mi? Oğlum gerçekten benim çocuğum mu? Ne olur bana bunun cevabını verir misin? Şimdi ondan bile şüphe duymaya başladım.

Ben bittim oğlum, ben bittim. Bir şeyler yanlış gitti.

FALA İNANMA, FALSIZ KALMA

Selami'nin boşalan kadehine bir duble viski koydum. Bir duble de kendime.

"Selami," dedim. "İçinde yaşadığın fırtınayı asla dindiremem. Ama bildiğim bir gerçek var ki o da şu: Erkeklik duygusu farklı bir racon keser insana. Kadınlar ile ayrıldığımız nokta bu belki de. Oğlun için belki de bu durumu kabullenip boşanmayacaksın. Ama her zaman ona baktığında karının arkadaşınla olan on bir yıllık ilişkisini hatırlayacaksın. Diğer bir şık ise bildiğin bu gerçeği yaşamındaki tatsız bir olay olarak görüp boşanacaksın. Ben senin yerinde olsam ikincisini seçerdim. Bir ömür, gerçeklerden her gün kaçarak yaşanmaz."

"Bilmiyorum, kafam gerçekten çok karışık."

Oturduğum yerden bir kadeh viski almak için kalktım. Telefonum çaldı. Açtım.

"Efendim?"

"Seni hayırsız adam. Ne arıyorsun, ne de soruyorsun. Söyle bakalım nerelerdesin?"

"Selam falcıların kraliçesi. Zamanın bana döktüklerini toparlıyorum. Bir gün neden kırk sekiz saat değil de yirmi dört saat bilmiyorum? Zamanla başa çıkamıyorum. İki ayağım bir pabuca girmiş vaziyette."

"Tamam, tamam kes," dedi Arzu. "Bir saate kadar bana geliyorsun. Bir kahve içip sohbet etmek istiyorum. Seni özledim."

"Gelemem," dedim Arzu. "Şu anda bir misafirim var."

"Arkadaşını da al gel. Benim için sakıncası yok."

Selami'ye baktım.

"Telefonda konuştuğum arkadaşım Arzu. Çok iyi kahve falına bakar. Bizi evine davet ediyor. Fal baktırmak ister misin?"

Selami, hiç tereddütsüz, "Evet," dedi.

"Geliyoruz," dedim Arzu'ya. Telefonu kapattım. Bir kadeh viski daha koydum. Kadehi ağzıma götürdüğüm gibi, şat yaptım. Viskiden başım dönmeye başlamıştı. Kendimi hemen banyoya attım. Soğuk suyu açtım, altına girdim. Sarhoş bedenim soğuk suyun altında tirtir titriyordu. Bedenim buz kesmişti. Daha fazla dayanamayıp sudan çıktım. Kurulandıktan sonra giyindim.

Selami, içmeye devam ediyordu:

"Senin falcı kadın, geleceğimi görebilir mi?"

"Sen kendi geleceğinle ilgili ne görüyorsun?"

"Bilmiyorum."

"Fala inanır mısın Selami?"

"Şu âna kadar hiç falcıya gitmedim. Ama şimdi ihtiyacım var. Söyledikleri doğru çıkıyor mu, yoksa üfürüyor mu?"

"Her falcı biraz üfürükçüdür bence. Kahve falına inanmam. Pişmiş bir kahvenin tortusunda hayatım saklı olamaz. Ama bazı zamanlar söyledikleri de yalan değil. Geç kalıyoruz hadi. Bir an önce çıkalım."

"Bazı şeyleri kabul edemiyorum. Merve'ye nerede yanlış yaptım sence?"

"Kusura bakma ama senin karın on bir yıldır ahlaksız bir orospuymuş. Bir başka erkeğe âşık olup gitse, saygı duyacağım. Ama yaptığı çiğlikten başka bir şey değil. Kendini sorgulama. Şimdi arabada giderken sana başka bir kadından bahsedeceğim. Sen kararını ver."

Kapıyı kilitledim.

Arzu'ya gitmek için yola çıktık.

Selami, sabırsızlanmıştı:

"Söylediğin hikâyeyi bir an önce anlatsana."

"Peki anlatayım. Dilşat ile geçmiş zamanda kısa süreli bir ilişkim olmuştu. Birlikteliğimiz çok uzun sürmemişti. Çünkü, o küçücük beyninin içinde kırk tane tilki barındıran kadınlardan hep korkmuşumdur. Bu tip kadınlar önce seni sevdiklerine ve daha sonra ise hayatlarına giren hiçbir erkeğe benzemediğine inandırırlar. Bir erkek olarak bu boş laflara kanmamalısın. Kandığın an kandırılmışsındır. Bir düşünsene Selami. Senden öncekiler hep tu kaka. Bu adamların hiç mi iyi tarafı yoktu?"

"Belki de yoktur," diye saf saf cevap verdi Selami.

"Aptal olma," dedim. "Sen kötü olduğun için mi karın tarafından aldatıldın?"

"Beni bu işe karıştırma."

"Gözünü aç oğlum," dedim. "Boynuz yediğin kadar yemişsin."

"Bugün üstüme gelme benim," dedi.

"Tamam tamam. Özür dilerim."

***

Dilşat'ı tanıdığımda kocasından yeni boşanmıştı. Bana bir gün şöyle demişti:

"Bütün benliğimle sevmiştim onu. Ama o ne yaptı? Beni başka bir kadınla aldattı. Eğer bir erkeğin seni aldatmasını sineye çekemiyorsan, onun yaptığı gibi yapacaksın. Sen de onu başka bir erkek ile aldatacaksın."

"Dilşat," dedim. "Kocanın aldattığı kadın senden daha mı güzeldi?"

"Hayır," dedi gülerek. "Belki bir kadın olarak oğluna benden daha yakındı. Ama tensel olarak benim kadar yakın değildi."

Dilşat'ın ne söylediğini anlamamıştım. Aptal bir ifade ile suratına baktım. "Bana öyle aptal aptal bakma," dedi. "Beni annesi ile aldattı."

"O piç herif, annesi ile mi yatıyormuş?" diye aptal bir soru sordum.

Dilşat'ın bana verdiği cevap şuydu: "Tövbe tövbe, olur mu öyle şey. Sen de ne kadar salaksın!"

DİLŞAT'IN HİKÂYESİ

Kocam, ailesinin tek çocuğuydu. Annesi Mehtap Hanım'dan başka kimsesi yoktu. Baba yıllar önce ölmüş. Mehtap Hanım, evlendiğimiz günden itibaren bizimle yaşamaya başladı. Her ikimiz de çalışıyorduk. Kocam, akşamları işten eve geldiğinde devamlı annesine sevgi gösterilerinde bulunuyordu. Her akşam annesi ile ilgileniyordu. Bir süre sonra bu durum beni rahatsız etmeye başladı. Kocam ile konuşmaya karar verdim.

Bir akşam, "Bak canım," dedim. "Annenin artık yaşlılar yurdunda kalmasını istiyorum. Bizimle birlikte yaşamasını istemiyorum."

Tabii o bu lafımı duyduğu an köpürmeye başladı. "Bir tek kadını nasıl yaşlılar yurduna terk ederiz? Ben annemi tanıyorum. Kadın bu davranışımızı kaldıramaz ve hemen ölür. Sana bir kötülük mü yaptı?" dedi.

Ben de, "Onun bu evde olmasından rahatsızlık duyuyorum," dedim.

"İyi o zaman," dedi. "Annemi bu evden göndermek için bana geçerli bir neden söyle?"

Mantıklı bir neden söyleyemedim ve olayı o an için kapattım.

Kocam yine her akşam bana göstereceği sevgisini annesine gösteriyordu. Beni, annesi ile aldatıyordu.

Artık yapacağım tek bir şey vardı. Kocamdan intikam almak. Bu düşünceler kafamı meşgul ederken, bir gün karşıma bir erkek çıktı. O erkekle birlikte olduk. İçimi serin bir duygu kaplamıştı. İntikamımı almıştım. Kocam akşamları annesini seviyor, ben ise bir başka erkeğe, daha sonraki günler ise başka bir erkeğe kendimi veriyordum. Çekirge bir sıçradı, iki sıçradı, üç sıçradı...

Kocam beni bir gün sarmaş dolaş bir erkekle hiç ummadığım bir yerde tesadüfen görmüş. Kendisini aldattığımı nihayet öğrenmişti. Aldatıldığını öğrendiği gün yüzüme bile bakmadı. Sadece bana boşanma davası açtı. Mahkeme bizi tek celsede boşadı.

Boşandıktan sonra bir gün beni aradı.

"Sana bundan sonraki hayatında mutluluklar diliyorum. Ama bir şeyi çok merak ediyorum. Lütfen bana karşı son kez dürüst ol. Sana bağlı bir erkektim. Beni neden aldattın?"

"İlk önce sen beni aldattın," dedim ben de.

"Ben seni hiç aldatmadım ki," diye çıkıştı.

"Yanılıyorsun. İyi düşün," dedim. "Sen beni annenle aldattın."

Eski kocamın telefonda sesi kesilmişti. Tek kelime bile söyleyemedi.

"Alo. Alo. Orada mısın?" dedim.

Baktım ki sesi çıkmıyor, telefonu kapattım.

***

Arkadaşım Selami, arabada ağlamaya başlamıştı.

"Niye ağlıyorsun?" dedim.

"Niye mi ağlıyorum? Kendi kaderime. Ben de telefon açıp Merve'ye mi sorsam beni on bir yıldır neden aldattığını? Verdiği cevap karşısında ben de duyduklarıma şaşırır mıyım? Benim de telefonun bir ucunda sesim kesilir mi? Ya ona tek kelime bile söyleyemezsem?"

Selami'ye kızgın bir ifade ile baktım.

"Ne bakıyorsun öyle?" dedi.

"Aptal aptal konuşma," dedim. "Bu saatten sonra bazı şeylerin nedenini öğreneceğine, önce taktığın boynuzu çıkar. Şimdi bana aptalca bir cevap verme. Geleceğimiz yere geldik. Bu konuyu kapatalım. Sana geri kalan yaşamını falcı arkadaşım söylesin."

Selami, bana cevap vermedi. Galiba biraz ağır konuşmuştum.

Arabayı park ettim. Apartmanın kapısı açıktı. İçeri girip asansörün düğmesine bastım. Birkaç saniye sonra asansör geldi. Selami'yle dokuzuncu kata çıktık. Asansörün kapısını açar açmaz, karşımda Arzu'yu gördüm.

Beni görmesi ile boynuma sarılması bir oldu. Öpüştük.

"Seni, arkadaşım Selami ile tanıştırayım," dedim Arzu'ya.

"Memnun oldum," dedi ve bizi içeri buyur etti. "Siz geçin, ben misafirlerimi yolcu ettikten sonra hemen geliyorum."

Asansör kapısının önünde iki kadın dikkatimi çekmişti. Biri oldukça yaşlıydı. Diğer kadın ise orta yaşlarında bile yoktu. İçeri girdik. Salonda yine her zamanki gibi içilmiş kahve fincanları duruyordu. Asansörün önünde gördüğüm kadınların kahve falı için geldiklerini anladım. Arzu, bu falcılık sayesinde bayağı bir ün kazanmıştı. Bütün sosyete neredeyse onun evinden dışarı çıkmıyordu.

Arzu, birkaç dakika sonra yanımıza geldi.

"Kusura bakmayın," dedi. "Bugün hafta sonu olduğu için yardımcı kadın yok. Ortalık biraz dağınık. Ne içersiniz?"

"Orta şekerli bir kahve," dedim.

Selami'ye baktı. "Ben de orta alayım," dedi Selami.

"Ne zamandır benim falıma bakmıyorsun. Ama bugün Selami'ye bakmanı istiyorum. Benimkine bir dahaki sefere bakarsın."

Arzu başını sallayıp mutfağa girdi. Beş dakikada kahvelerimizi pişirip getirdi. Selami'nin görünüşünü hiç beğenmemişti. "Sizin bir probleminiz mi var?" diye sordu Selami'ye.

Selami, yüzüme baktı. Hemen söze girdim:

"Faldan sonra konuşsak daha iyi. Şimdi anlatacaklarımızdan etkilenebilirsin."

"Selami Bey'in rengi hiç hoşuma gitmedi."

"Sonra," dedim Arzu'ya, "sonra konuşuruz. Az önce yolcu ettiğin misafirlerin kimlerdi? Özellikle yaşlı kadını merak ettim. Çocukları için fal baktırmaya mı gelmiş?"

"Sen yaşlı olanı bırak. Genç olan kadın seni sordu. Birkaç saniye içinde kadını nasıl etkiledin anlayamadım. Sende şeytan tüyü var galiba. Kadın gider ayak cin çarpmışa döndü. Seninle en yakın zamanda tanışmak istediğini söyledi bana."

"Hiç şansı yok," dedim. "Ben yaşlı olan kadının hikâyesini merak ediyorum."

"Pelin'i tanıyorsam yarın beni arayacak. Ne söylememi istersin?"

"İsmi Pelin mi?"

"Evet."

"O kadına aynen şöyle söyle: Hiç şansı yok!"

"Manyak herif. Ben bu lafı ona nasıl söylerim?"

"O zaman sen de aynı anlama gelen bir şeyler düşün. O yaştaki bir kadın neden fal baktırmak ister ben onu merak ediyorum?"

"Sen taktın galiba yaşlı kadına."

"Evet, taktım."

O arada Selami'ye baktım. Kahvesini içip bitirmiş, fincanını ters çevirmişti bile.

Arzu da ısrarlarıma dayanamayıp anlatmaya başlamıştı:

"Serap Hanım yaklaşık altı ay önce ilk kez bana gelmişti. Yine yanında bugün senden hoşlandığını söyleyen Pelin vardı. Yıllar öncesinden tanırım Pelin'i. İyi bir kadın ama bir erkeğin asla güven duyacağı bir tip olamaz. Birçok erkeği aynı anda sevebiliyor. Zavallı kocasının aldatıldığından eminim ki haberi yoktur."

"Aldatılmaktan ve zavallı erkeklerden şimdilik bahsetmeyelim."

"Niye ki? Yanlış bir şey mi söyledim?"

Selami'ye dönüp, "Ne dersin, bu konu hakkında konuşmaya devam etsin mi?" diye sordum.

Selami, omuzlarını silkti. Arzu, tuhaf tuhaf yüzüme baktı.

Tekrar Arzu'ya döndüm. "Devam edebilirsin?" dedim. Arzu, bu şifreli konuşmalarımdan rahatsız olmuştu. Hafiften kızmaya başlamıştı.

Sinirli bir şekilde, "Neyse," dedi. "Zaten Pelin'i sormamıştın."

Yüzüne baktım, gülmeye başladım. Bana gerçekten kızmıştı. Kalktım yanına oturdum. Elimi omzuna attım. Bedenini kendime doğru çektim. Yanağından öptüm.

"Şu kahve falına baktıktan sonra neden böyle davrandığımı anlayacaksın. Biraz daha sabret."

O da bana sarıldı. "Sana kızamam ki," dedi. "O kadar güzel bir insansın ki. Neyse, Serap ile dediğim gibi altı ay önce tanışmıştım. Yetmiş üç yaşında bir kadın. Ailesi çok zengin. Kocası sayılı işadamlarından birisiymiş. Aylar önce bana ilk geldiğinde kocası yeni ölmüştü. Ben de senin gibi ilk bakışta çocuklardan birisine fincan kapattığını zannettim. Falında bir erkeğin öldüğünü gördüm. Bunu kendisine söylediğimde, 'Evet,' dedi, 'geçen ay kocamı kaybettim.' Senin anlayacağın baltayı taşa vurmuştum. Serap Hanım'dan özür diledim. 'Başınız sağ olsun,' dedim. 'Bu dünya maalesef ölümlü bir dünya. Elbette bir gün biz de herkes gibi öleceğiz. Ne olur kendinizi çok fazla üzmeyin.'

"'Ben, aslında kocam öldüğü için üzülmüyorum,' dedi. 'Kocamın bundan on yıl önce ölmesi gerekiyordu. Aslında yıllar önce ölmediği için üzülüyorum. Ölümünü on yıldır dört gözle bekliyordum. Biliyor musunuz? Çoğu zaman kimi korkuları içimde taşıyordum. Kocamdan önce ya ben ölseydim? Benden önce ölmesi için dualar ettim. En yakın arkadaşına son on beş yıldır âşığım. Tabii bu yaştan sonra boşanamıyorsun. Çoluk var, çocuk var. İçinde bulunduğum sosyal konumum buna müsaade etmedi. Şu âna kadar beni üzen şey, kocamın ölümü değildi. Bundan sonra bana söyleyeceğiniz şeyi yaşayamazsam üzülürüm. Sizden kahve falıma bakıp şu sorumun cevabını vermenizi istiyorum: Bu erkekle bir kez bile olsa birlikte olabilecek miyim?'

"Serap Hanım beni şaşırtmıştı. Ne söyleyeceğimi bilemedim. Aptalca konuşmayı kestim. Fincanını çevirdim. Uzunca bir süre baktıktan sonra, evet, dedim. Bu adamla bir ilişkiniz olacak. Onun duymak istediği şey sadece bu laftı. 'Gerisine bakmaya gerek yok,' dedi. 'Ben öğrenmek istediğimi öğrendim.'

"Bu kadını hayatım boyunca hiç unutamam. Bu olaydan dört ay sonra yani bugün yine bana geldi. Bir kahve içti, fincanı ters çevirdi. Gözlerimin içine baktı. 'Lütfen bana söyler misiniz?' dedi. 'Bu adamla bir kez daha birlikte olabilecek miyim?'"

"Sen ne söyledin, Arzu?" diye sordum merakla.

"'Evet,' dedim."

Acı bir gülümsemeyle, "Güzel," dedim. "Vatana millete hayırlı olsun."

Selami, duyduklarına inanamamış görünüyordu. "Kendi kocasının ölümünü bir an önce görmek için dua eden bir kadın. Biz o zaman ölmüşüz. Artık kime güveneceğiz?"

Arzu, Selami'nin çevirdiği fincana parmağını dokundurdu. "Soğumuş," dedi. Fincanı tuttuğu gibi çevirdi. Gördükleri onu şaşırtmış olmalıydı. Bir fincanın içine baktı, bir de Selami'ye. Uzunca bir süre hiç konuşmadı. Daha sonra ayağa kalktı. Fincanı kendisiyle birlikte mutfağa götürdü, birkaç saniye sonra geri döndü. Bir havlu ile elini kuruluyordu.

HAYATI TEMİZE ÇEKMEK

"Ne oldu? Niye bakmadın?"

"Çok kötü bir fal çıktı. Gördüklerimi söyleyemezdim. O nedenle fincanı yıkadım."

Sonra Selami'ye döndü.

"Bu kadını bırak gitsin. İlişkini sürdürmek gibi bir ısrarda da bulunma. Benim size söyleyeceklerim bu kadar."

Selami şaşırmıştı.

Arzu'ya ancak, "Durumum o kadar kötü mü?" diye sorabildi.

"Şu an için evet. Ama ilerde düzelecek. Kararsızlık seni yanlış bir yola sokacak şimdilik. Birkaç ay sonra yanlış yolda olduğunu fark edip doğru yola döneceksin."

Selami'nin iyice morali bozulmuştu. Merve ile olan ilişkisini bir çırpıda anlattı Arzu'ya.

Selami'yi uzunca bir süre dinledi Arzu. Gayet soğukkanlı görünüyordu. Bir kadın olarak doğru tespitlerde bulunuyordu. Onun da işi bu değil miydi? Kadınların geleceğini söylerken onları yakından tanımak.

"Selami Bey, sen kendini şanslı bir erkek olarak gör. Bugün aldatılan birçok erkekten birisin. Az önce bahsettiğim Pelin'in kocasının yerinde olmak istemezdin. Adamcağız her yurtdışına uçtuğunda, Pelin de başka bir erkeğin koynuna uçuyor. En son yaptığı şeyi bana anlattığında duyduklarıma inanamamıştım. Kocasının emekli parasının bir miktarını genç sevgilisinin özel okul taksidine yatırmıştı. Sonra ise karakola gidip, 'Kapkaççılar çantamı kapıp kaçtılar. Çantanın içinde kocamın emekli parası vardı. Bankaya yatırmaya gidiyordum,' demiş. Polis de karakolda tutanak tutup göndermiş. Boş yere kapkaççı ara dur bakalım. Şimdi koca bu yalanı yemeyip de ne yapsın?"

Arzu'ya şaka yollu takıldım:

"O genç sevgiliden bana artan para kalmış mı?"

"Sus," dedi. "Sen kadın parası yemezsin."

Biraz daha sohbet ettikten sonra kalkmak için Arzu'dan izin istedim. Selami ile yola koyulduk. Onu en yakındaki taksi durağına bıraktım.

Sonra öğrendiğime göre, Merve ile birkaç ay daha ilişkisini sürdürmeye çalışmış. Bir gün bana telefon açtı ve şöyle dedi:

"Aylar önce söylediklerinde haklıydın. Merve'ye boşanma davası açtım. Artık acılarımın dinmesini istiyorum. Bir ömür, bu gerçekle yüz yüze yaşanmaz ki!"

DOKUZUNCU İTİRAF

BANA SAKIN ANNE DEME

"Bir defa evlenmek görev, iki defa evlenmek eğlence,
üç defa evlenmek ise çılgınlıktır."

Hollanda Atasözü

İKİNCİ BAHARDA ALDATMAK

Duymaya alışık olmadığım bir cümleydi:

"Benim gibi elli yaşını geride bırakan bir kadının, bir sabah genç bir erkeğin yatağından çıkarken aldığı pozitif enerjinin ne demek olduğunu bilebilir misin?"

"Hayır," dedim.

"Doğrusunu söylemek gerekirse ben de tahmin edebileceğini düşünmüyorum," dedi Türkan. "Sen de bir erkeksin. Elli yaşına basmış bir kadının, genç bir erkekle sevişmesinin nasıl güzel bir duygu olduğunu asla bilemezsin. Eminin kocam da senin gibi düşünüyordur. Şunu aklından çıkarma: Kadın parasal gereksinimleri karşılandıkça, duygusal gereksinimlerinin daha çok farkına varır. Para duygusal ihtiyaçları karşılamaz. Kocamı galiba bu boşluğumdan dolayı aldatıyorum. Sana küçük bir sır daha vereyim mi? Paranın bir noktaya kadar gücüne inan. Bu inancı tam sahiplendiğin anda ise paranın gücünü unut gitsin. Para belli şeyleri elde tutmayı başaramıyor. Mesela sahip olduğun kadın gibi."

Ardından o meşum soruyu sordu:

"En çok istediğim şey ne, biliyor musun?"

"Hayır, bilmiyorum. Ne istiyorsun?"

"Seninle bir kez de olsa sevişmeyi."

Türkan'ın benden yıllardır hoşlandığını biliyordum. Ama hep ilişkimiz konusunda safa yatmıştım. O anda yine safa yatma gereği duydum. Hemen lafı çevirdim:

"Biliyor musun? Erguvan mevsimi. Erguvanların çevreye yaydığı kokuyu alıyor musun?"

Gözlerimin içine manalı bir bakış fırlattı.

"Kusura bakma, Türkan. Seninle sevişemem. Bazı şeyler büyüsünü kaybetmemeli. Bunu böyle kabul etmelisin. Bırak benimle ilgili olan takıntını. Senin bu gençleşmiş halini merak ediyorum. Bugün beni görünüşün ile şaşkına çevirdin. Başka bir zaman seni yolda görsem, selam bile vermeden yanından geçip giderdim. Ne yalan söyleyeyim şu anda kırk yaşındaki bir kadın gibisin. Bu değişimi neye borçluyuz?"

"Mutsuzluğuma."

"Seni mutsuz eden şey nedir?"

"Hayatımı artık yokuşa sürecek bir erkek arıyorum. Her istediğimi yapan kocamdan bıktım. Artık bana bir enerji vermiyor. Göbekli bir adamla sevişmekten bıktım. Aynı adamın kokusunu içime çekmekten bıktım."

Türkan'ı dinlerken dehşete kapıldım. Nasıl olur da bir erkek, karısının her istediğini yaptığı için bunun bedelini aldatılarak öderdi? Türkan'ın söylediği doğruydu. Paranın bir süre sonra satın alacağı bir şey kalmıyordu. Kocası bilmediği bir şeyin bedelini ödüyordu. Türkan'ın hayatını yokuşa sürmemişti. Bunu tahmin edebilir miydi? Bana kalırsa bunun cevabı kocaman bir hayırdı.

Türkan benimle konuşurken bir taraftan da yeni fiziğini incelemeye başlamıştım. Botox yaptırmıştı. Göz altlarındaki kırışıklıklar gitmişti. Dudaklarına ve göğüslerine silikon taktırmıştı. Göğüsleri genç bir kızın göğüsleri gibi dipdiri duruyordu. Aslında sutyen takmasına gerek kalmamıştı. İster istemez gözlerimi göğüslerinden alamıyordum. Nereye baktığımı kadınlık içgüdüsü ile sezdi. Konuşmasını yarıda keserek, "Nereye bakıyorsun?" diye sordu.

"Göğüslerine."

"Ne varmış göğüslerimde."

"İçinde sutyen var mı?"

"Hayır. Canın mı çekti?"

"Bilmem. Bir füze gibi karşımda dikilip duruyorlar. Yüzün göğüslerinin çok gerisinde kalmış. Göğüs uçlarını burnumun dibinde hissediyorum. Ama ne yalan söyleyeyim, hiç de fena durmuyorlar. Kocan bu halinden çok mutlu olmuştur."

"Bütün bu değişikliği kocam için yaptırdığımı kim söyledi?"

"O zaman kimin için gençleşme gereği duydun?"

"Tabii ki genç sevgilim için. Genç bir erkeğin bedeninde kendimi yeniden bulmak istedim. Benim yaşıma gelmiş birçok kadın aynı şeyi düşünür. Hayatında birçok şeyi sorgular. Yaşlılığını, hâlâ güzel olup olmadığını, çocuklarını, mutluluğunu, mutsuzluğunu ve birlikte olduğu erkeği..."

Türkan susmak bilmiyordu. Her şeyi bir çırpıda söyleyip kurtulmak istiyor gibiydi.

Bir taraftan Türkan'ı dinlemeye çalışırken bir taraftan da yıllar önce tanıdığım bir kadını hatırladım. Türkan, hâlâ güzel olup olmadığını sorguladığını söylemişti. Yıllar önce tanıdığım Melisa da bana aynı şeyi söylememiş miydi?

O anda düşündüm.

İki kadın arasındaki ortak olan şey ne olabilirdi?

ZAMPARA KADINLAR

Melisa'yla tatil yaptığım sırada Bodrum'da tanışmıştım.

Sahil kenarında hiç tanımadığım yeni tatil arkadaşlarım ile voleybol oynarken, sahilde güneşlenen Melisa'nın içtiği kola bardağını istemeden vurduğum topla kumların üstüne devirmiştim. O an için ne olduğunu anlayamamıştı. Ani bir hareketle kalkmak istedi. Fakat yüzüstü güneşlendiği için bikinisinin bağlarını çözmüştü. Bikininin üstü göğüslerinin arasından kayarak yere düştü.

Düşen bikinisini bir çırpıda yerden aldığı gibi göğüslerine tutturdu. Bikiniyi bağladığı gibi ayağa kalktı. Yüksek bir ses tonuyla, "Kim o ayı?" dedi.

Gruptan ayrılarak yanına yaklaştım. "Özür dilerim. İstemeden oldu. O ayı benim! Size isterseniz yeni bir kola söyleyebilirim. Fakat göğüslerinizi gördüğüm için ne yazık ki bir şey yapamayacağım."

Ne söyleyeceğini şaşırmıştı. "Lütfen bir daha olmasın," diyebildi şaşkınlıkla.

Garsonu çağırdım. Bir buzlu kola söyledim. Yüzüme baktı.

"Kusura bakmayın. Bir anlık kızgınlıkla ağır bir kelime kullandım."

"Hiç önemi yok. Sadece sahil sosyetesine biraz rezil oldum. Afiyet olsun," dedikten sonra arkamı dönerek gittim.

Oyuna kaldığımız yerden devam ettik. Bütün günü deniz kenarında geçirdikten sonra odama çıktım. Birkaç saat uyudum ve akşam yemeği için restorana indim. Kendime ufak bir rakı söyledim. Kokusunu içime çektim. Anason kokusunu seviyordum. Bardağı yarısına kadar rakı ile doldurdum. Üstüne su ilave ettim. Birer ikişer buz koymaya başladım. Bir de sigara yaktım.

Dalgaların sesi kulağıma fısıldamaya başlamıştı. Rakımdan bir yudum aldım. Gökyüzüne doğru sigaramın dumanını üfledim. Gözüm gökyüzündeki yıldızlara takıldı. Milyonlarca yıldız vardı. Kendi yıldızımı buldum. Çevremdeki yıldızları saymaya başladım.

Bir, iki, üç...

Duyduğum bir ses karanlığın boşluğunu yırttı:

"Kaç yıldız sayabildiniz?"

"Yüz seksen bir."

"Yalnızsınız galiba."

"Evet."

"Sakıncası yoksa oturabilir miyiz?"

"Tabii, lütfen buyurun."

"Ben Melisa. Arkadaşım ise Aynur."

"Memnum oldum. Ben ise ayı."

"Lütfen öğlen size söylediğim bu çirkin lafı unutalım. Şimdi özür dilemek sırası bende."

"Özürünüzü kabul ediyorum. Rakı sever misiniz?"

"Rakılar sizden ise hayır demeyiz."

Garsonu çağırdım. Birkaç bardak daha istedim. Bir büyük rakı daha söyledim. Melisa ve arkadaşının İstanbul yakınlarında bir vilayette öğretmen olduklarını öğrendim. Anlaşılan kadın kadına tatil yapmaya karar vermişlerdi. Melisa otuz sekiz, Aynur ise otuz dokuz yaşındaydı. İkisi de evliydi. Kocalarının işleri dolayısıyla birlikte tatile çıkamamışlardı. Aslında bu durumdan pek de rahatsız değillerdi.

Akşam, koyu bir sohbetle akıp geceye karışmıştı. Saatlerce aşk, iş ve evlilik üzerine konuşup durmuştuk. Rakı şişesinin her zaman olduğu gibi yine dibi görünüyordu. Aynur, iyice sarhoş olmuştu. Konuşurken dili sürçmeye başlamıştı. Ağzından çıkan kelimeler yere dökülüyordu. Ne söylediğini anlamakta zorlanmaya başlamıştım. Yüzüme baktı.

"Çok mu sarhoş oldum?"

Bir şey söylemedim.

"Ben sarhoş değilim," dedi.

"Haklısın. Hiçbir sarhoş, sarhoş olduğunu kabul etmez, değil mi?"

Melisa, Aynur'a baktı.

"Hadi. Seni odaya götüreyim. Saat de geç oldu."

Aynur, sallana sallana ayağa kalktı. Melisa, koluna girdi ve bana, "İyi geceler," dedi. On-on beş metre gittikten sonra Melisa masaya tekrar geri döndü.

"Bardağımı doldur, ben birazdan geliyorum."

On beş dakika sonra Melisa geri döndü.

"Aynur'un kusuruna bakma. Bünyesi pek alışık değildir. Çok çabuk sarhoş olur. Yatağa uzandığı gibi sızdı."

Daha sonra rakı bardağını bardağıma tokuşturarak, "Şerefe," dedi.

Bir saat oturduktan sonra sahilde yürümeye karar verdik. Sahile inince ayakkabılarımızı çıkardık. Dalgaların oluşturduğu köpüklere ayaklarımızı soktuk. Sırılsıklam olmuştuk. Elimden tuttu. Gökyüzündeki yıldızlardan birini işaret etti. "İşte bu da benim yıldızım." Sonra belime sarıldı. Gözlerini kapattı. Dudaklarını dudaklarıma dokundurdu. Dakikalarca öpüştük. İkimiz de kendimizi kaybetmiştik. Elimi kalçalarına attım.

"Burada olmaz. Odaya gidelim," dedi.

Birkaç dakika sonra kendimizi benim odada bulduk. Islak giysilerimizi çıkardıktan sonra sevişmeye başladık. İkimizin de bedenleri tirtir titriyordu. Defalarca seviştik. Yataktan kalktım. Minibardan bir bira açtım kendime. Melisa'nın sesini duydum:

"Ben de bir bira istiyorum."

İçtiğim sigarayı elimden aldı. Derin bir nefes çekti. Sonra yine sessizliğe büründü.

"Sakıncası yoksa bir şey sorabilir miyim?" dedim.

"Hayır. Ne soracağını biliyorum," dedi. "Kocamı ilk kez aldatmıyorum. Son iki yıldır başka erkeklerle de birlikte oldum. Kocamı çok seviyorum. O bunu hak edecek bir şey yapmıyor. Ama kadın olmak gerçekten çok zor. Kadınların kendi dünyalarında gelgitleri çok fazladır. Sen bir erkek olarak bunu anlayamazsın. Benim aldatmam tamamen kendime güven sorunu. Otuz altı yaşıma bastığımda kendimi sorgulamaya başlamıştım. Hâlâ eskisi gibi çekici bir kadın mıyım? Orta yaşı geride bırakan bir kadın olarak erkeklerin ilgisini çekebiliyor muyum, diye... Kocama beni hâlâ çekici buluyor musun, diye sorduğumda, bana her defasında evet cevabını veriyordu. Ama ben onun söylediğine bir türlü inanmıyordum. Çünkü on altı yıllık karısıydım ve çocuğunun annesiydim. Kalbimi kırmak istemediğini hep düşünmüştüm. Bir gün okuldaki dört öğretmen arkadaş ile -Aynur da buna dahil- sohbet ederken bu endişelerimi anlattım. Meğerse onlar da benim düşündüklerimi düşünüyorlarmış. Yani senin anlayacağın bizimkisi orta yaş sendromuydu. Sorularımıza yanıt ararken internetten kendimize sevgili bulmaya karar verdik. Ama bu sevgililer mutlaka İstanbul'da olmalıydı. Öğretmenlik yaptığımız vilayet küçük bir yer olduğu için hem adımız çıkmasın diye endişeleniyorduk, hem de İstanbul bize yakın sayılırdı. Dört bayan arkadaş internetteki bu tür sitelere girdik. Kendimizi bekâr olarak tanıttık. Hep gerçek hayatımızın dışında bir yaşamdan bahsettik. Erkekler ile chat'leşmeye başladık. Sanal âlemde onları kendimize âşık ettik. Daha sonra sanal âlemden çıkma kararı aldık. Hafta sonları İstanbul'a gelerek buluşmalara başladık. Aralıklı olarak birkaç buluşmadan sonra birlikte olmaya başlamıştık. Şimdiye kadar bu şekilde ben dört erkekle birlikte oldum. Bu erkeklerden bir tanesi bana gerçekten âşık oldu. Nasıl becermiş bilmiyorum ama benim izimi sürmüş. Bir gün yaşadığım şehre, okuluma beni görmeye gelmişti. Onu karşımda görünce şoke oldum. Tabii zar zor olsa da bu ilişkiyi bitirmiştim. Evli ve çocuk sahibi olduğumu öğrendiğinde şoke olma sırası ona gelmişti. Diğer üç öğretmen arkadaşım da birkaç erkekle birlikte olmuştu. Sonra anladık ki, bu yaşımıza rağmen hâlâ çekici kadınlarız. Kaybettiğimiz güveni tekrar kazanmıştık. Yani senin anlayacağın kocalarımız bize doğruyu söylemiş. Bu gece seninle birlikte olmama gelince, galiba bu sefer bir güven sendromu değil benimkisi. Sadece bir tatil kaçamağı. Bu gece burada yaşandı ve burada kalacak. Yarın asla bizim için olmayacak."

O gecenin sabahında Melisa'dan çok şey öğrenmiştim. Son bir sigara yaktım. Dalgaların köpüğü düşüncelerimi de sırılsıklam etmişti.

Düşündüm. Zihnim yeni bir düşünce boyutuna ulaşmıştı. Melisa, doğruyu söylemişti. Kadınlar med-cezir gibiydi. Ne zaman yükselip ne zaman alçalacakları asla belli olmazdı.

DUMANI ÇIKMAYAN SİGARA

Galiba düşüncelerimi çok fazla kurcalamıştım. Masanın altındaki ayağımda bir tekme hissettim. Bana tekme atan Türkan'dan başkası değildi.

"Hey yavrum," dedi. "Sen beni dinliyor musun? Yoksa ben kendi kendime mi konuşuyorum?"

"Kusura bakma," dedim. "Düşüncelerim bana sörf yaptırdı. Biraz konuşmana ara verir misin? Bir fincan kahve içmek istiyorum. Bu aralar zihnim bana ihanet ediyor. Fikirlerim beynimin içinde çarpışan otolara döndü."

"Sen iyi misin?"

Elim sigara paketine uzandı. Ama paket her zamanki gibi yine bitmişti.

"Lanet olsun. Duman olmaktan başka ne işe yarar bu şey?"

Garsonu çağırdım.

"Dumanı çıkmayan bir Marlboro getirir misin?"

Garson yüzüme baktı. Arkasından Türkan'ın kahkahası patladı. Garsona bakarak, "Bir paket kısa Marlboro lütfen," dedi.

Garson, bütün manyaklar beni mi bulur, gibisinden bir bakış fırlatarak arkasını dönerek gitti.

Türkan gülmeye devam ediyordu.

"Seni bu yüzden seviyorum. Kabul etmelisin ki normal biri değilsin."

Ben de gülmeye başladım. Garsonun yerine kendimi koydum. Dumanı çıkmayan sigara isteyen bir salak.

Kahvemden bir yudum aldım.

"Senin için aşk nedir?"

"Aşk, borsadaki değerli bir kâğıt gibidir. Gün içinde yükselir ya da düşer. Yani hiçbir şekilde sabit değildir. Zaman zaman elindeki kâğıtları satarsın, yeni kâğıtlara yatırım yaparsın. Ben de hayatımda öyle yapıyorum. Kocamın değeri benim için çoktan bitti. Yeni heyecanlar arıyorum. Sana söylediğim gibi; hayatımı yokuşa sürecek bir erkek arıyorum. Buna belki doymuşluk diyebilirsin. Ama ben senin gibi düşünmüyorum. Bir gün aynaya baktığımda acı bir gerçekle karşılaştım. Aynadan bana yaşlı bir kadın bakıyordu. Gördüğüm gerçek kendimden başkası değildi. İrkildim. Kalbim bu gerçek karşısında titriyordu. Saatlerce gözyaşlarım sel oldu aktı. Bu görüntüm bir hafta gözlerimin önünden gitmek bilmedi. Yıllardır tekdüze giden evliliğime yeni bir acım daha eklenmişti: yaşlılık.

"Öğrendiğim bu gerçekler yüzüme haykırıyordu. Bir hafta evden dışarıya çıkamadım. Kendi içime kapandım. Bir şeyler yapmam gerektiğine karar verdim. Önce dış görünüşümle işe başlamalıydım. Botox yaptırmaya karar verdim. Hemen bir güzellik merkezine giderek yüzümdeki kırışıklıklardan kurtuldum. Daha sonra sarkan göğüslerime ve dudaklarıma silikon taktırdım. Aynanın karşısına geçtiğimde kendime inanamadım. En az on yaş gençleşmiştim. İçimdeki acı hafiflemişti. Kendime daha bir güvenim gelmişti."

"Kocanın tepkisi ne oldu bu işe?"

"Doğrusunu söylemek gerekirse kocamın tepkisi beni o kadar ilgilendirmiyordu. Bu değişim onun için değildi. Bundan sonraki yeni hayatım içindi. Ama o bu halimi ilk gördüğünde çok şaşırdı. Bana bir kez daha âşık olduğunu söyledi. Fırsatı hiç kaçırmadı ve beni yatağa götürüp saatlerce sevişti. Sanki yıllardır dokunduğu bedene ilk kez dokunuyordu. Çok fazla zevk aldığı belliydi. Ama ben onun bedeninden artık zevk almıyordum. Onunla sevişmek benim için işkence gibiydi. Seviştiğimiz akşamın sabahı kocamın yatakta olmadığını fark ettim. İşe gittiğini düşündüm. Uyumaya devam ettim. Bir saat sonra kapının açıldığını yatak odasından duydum. İçeri kocam girdi.

"Soluk soluğa kalmıştı. 'Ne oldu sana?' dedim. Terini koluna sildi ve bana gülümsedi. 'Karar verdim,' dedi. 'Bundan sonra spor yapmaya başlıyorum. Sabahları düzenli olarak bir saat sahilde yürüyüş yapacağım. Öğleden sonra da spor salonuna gidip form tutacağım. Aşkım madem gençleşti ben de gençleşeyim. Sonra beni beğenmezlik etmesin. Bana birkaç ay süre ver, bak gör şu göbeğimi de eriteceğim. Senin için eskiden olduğu gibi yine her şeyi yaparım. Fiziksel değişim artık benim için bugünden itibaren başlamıştır.'

"Duyduklarıma inanamadım. Kendi kendime bu herif kafayı yemiş, dedim. O an için ona söylemek istedim. 'Bu değişim artık senin için değil. Ne kadar göbeğini eritsen de, kokunu değiştiremezsin,' diye. Ama söyleyemedim. Git bir duş al. Leş gibi ter kokuyorsun, diyebildim ancak.

"Kocam o günden sonra düzenli olarak yürüyüş ve spor yapmaya başladı. Ama o göbek bir türlü erimiyordu. Sanki yıllardır bir kayayı karın bölgesine bağlamıştı. Kayayı yerinden oynatıyordu ama yuvarlayamıyordu. Zaten onun bu uğraşısıyla benim ilgilendiğim de yoktu. Her konuda benim için değişim artık kaçınılmazdı. Erkeklerin bana bir seks objesi olarak baktığını görmeye başlamıştım. Bu çok hoşuma gitti tabii. Şimdi sıra ikinci acımı hafifletmeye gelmişti. Genç erkeklerle birlikte olmaya."

GENÇ SEVGİLİ

"Bir erkek nasıl tavlanır?"

Doğrusu bu sorunun cevabını yıllardır unuttuğumun farkına vardım.

Bu düşünce beni heyecanlandırdı. Sokağa çıkıp ha deyince bu işlerin olmayacağını biliyordum. Benim için oturup kalkmasını bilen, genç ve yakışıklı bir erkek olması yeterliydi. O erkekten para beklentim hiç yoktu. Hesapları ben karşılamaya razıydım. Yeter ki bana yatakta bir heyecan versin. Bunun için iki yol aklıma geldi. Ya spor salonuna gidecektim ya da kuafördeki yakışıklı çocuklardan birini ayartacaktım. Bir an önce sonuca ulaşayım diye her iki düşüncemi de aynı anda devreye soktum.

Gittiğim kuafördeki yakışıklı çocuklardan birini gözüme kestirdim. Kuaför salonlarında çalışan erkeklerin görevi sadece kadını güzelleştirmek değil, biz kadınların yaptıkları dedikoduları da dinlemektir. Birçok kadının hayat hikâyesini onlardan öğrenebilirsin. Yani biraz kadınsılaşmışlar. Dış görünüş olarak da birbirlerine benziyorlar. Saçlar bakımlı ve balyajlı. Giyim kuşamları aynı.

Genç kuaförü gözüme kestirmiştim. Gençliği ve ten kokusu beni etkilemişti. Saçlarımı keserken bir taraftan da güzelliğime iltifat etmeye başlamıştı. Genç bir erkekten güzel sözler duymak hoşuma gitmişti. Gerçi o koltuğa oturan her kadına aynı şeyleri söylediklerini tahmin ediyordum. Ama bildiğim bu gerçek beni ilgilendirmiyordu.

"Çok mutsuz bir kadınım. Kocam beni mutlu edemiyor," dedim. Gözleri bir anda faltaşı gibi açıldı. Gözlerimin içine baktı. Beyninde şimşekler çakmaya başlamıştı. Artık eşeğin aklına karpuz kabuğunu bir kere sokmuştum. Hayatımı deşmeye başladı. Kendine bir pay çıkarmak istiyordu. Bu payı ona vermeye hazırdım aslında. Ama temkinli davranmak zorundaydım.

Kendimi anlattıkça kapılar aralanmaya başlamıştı. Yapması gereken tek şey artık o kapıyı sonuna kadar açıp içeri girmekti. Saçımı keserken aynadan gözlerine baktım. Kafasından geçen düşünceler gözlerinden okunuyordu: 'Sen merak etme. Ben seni yatakta istediğin gibi mutlu ederim.'

Benim de istediğim de buydu zaten.

Gözlerinin içine bakarak gülümsedim. Ben hazırım gibisinden.

"Saçınızı yıkamaya alalım," dedi. Çırak havlu getirdi. "Çırağa, gerek yok ben yıkarım," dedi.

Havluyu boynuma sardı. Saçlarımı ıslattı. Şampuanı döktü. Saçlarımı yıkamıyor, sanki okşuyordu. Gözlerimi kapadım. Onu yatakta hayal ettim.

Birkaç dakika sonra, "Sizi koltuğa alalım," dedi.

Saçlarımı fönle kurutup şekil verdi. "Saç kesimimi beğendiniz mi?" diye sordu. Saçlarımı aynada sağa sola çevirdim.

"Elinize sağlık, çok güzel olmuş," dedim.

Gülümsedi.

"Umarım sizi yine bu salonda tekrar görürüm," dedi.

"Hiçbir endişeniz olmasın. Bir kartınızı alabilir miyim?" dedim.

Hemen kasaya yöneldi ve bir kart getirdi.

"İsterseniz cep numaramı da arkasına yazayım."

"Hiç fena olmaz. İsterseniz ben de size telefonumu vereyim."

"Siz bilirsiniz."

Hemen cep telefonunu çıkardı. Numaramı telefonuna kaydetti. Yüklüce bir bahşişi avcuna sıkıştırdım. Teşekkür etti. Arkamı döndüm, salondan çıkarken bu iş bitmiştir, dedim kendi kendime.

Ertesi gün öğlen saatleriydi. Telefonum çaldı. Genç kuaförüm arıyordu. Lafa girmekte zorluk çekiyordu.

"Merak ettim. Saçınızın kesiminden memnun musunuz?"

Son derece memnun olduğumu söyledim.

"İyi o zaman," dedi.

Anladım ki heyecanlıydı. Söyleyeceği sözün sonunu getiremeyecek gibiydi.

Hemen atıldım. "Kocam şehir dışında. Bugün bütün gün boşum. İsterseniz size bir kahve ısmarlayayım," dedim.

"Benim de bugün izin günüm," dedi.

Bebek'te öğleden sonra Gloria Jeans Cafe'de genç kuaförümle buluştum. Biraz heyecanlıydım. Aklımdan onunla buluşmak isteğinden çok sevişmek geçiyordu.

İçeri girdiğimde bir masada oturuyordu. Beni görünce ayağa kalktı. Yanına doğru gittim. Bir sandalyeye oturdum. Birer kahve söyledim. Sohbete başladık. Ama muhabbet doğrusu beni sarmamıştı. Anladım ki, bu çocukla sadece sevişeceksin.

Sonra düşündüm. Daha nasıl seviştiğini de bilmiyordum. Ya kötü sevişiyorsa?

Kış ayı olduğundan günler çok kısaydı. Karanlık çöküvermişti. İstediğim şeyi bu akşam elde etmeliydim.

"Hadi. Bir yerlerde yemek yiyip bir-iki kadeh şarap içelim," dedim.

Ses çıkarmadı. Garsondan hesabı istedim.

Sahilde bir balıkçıya gittik. Bir şişe beyaz şarap açtırdım. Balıkları söyledim. İkimiz de kafayı hafiften bulmuştuk. Elimden tuttu.

"İstersen bu gece bana gelebilirsin," dedi.

"Olabilir," dedim. Nasıl olsa kocam evde değildi.

Tarabya'ya evine gittik. Küçük ama şirin bir evi vardı. Mutfağa gitti. Dönerken elinde bir şişe viski, iki de kadeh vardı. Kadehlere viskiyi koydu.

"Tanışmamızın şerefine kadehimi kaldırıyorum," dedi.

Bir yudum viskiden aldıktan sonra elimi tuttu. Öpmeye başladı. Heyecanlanmıştım. Boynuna sarıldım. Saçlarımı havaya kaldırdı. Boynumu öpmeye başladı. Göğüslerime dokundu.

Daha sonra, "Bir dakika," deyip ayağa kalktı. Masada duran mumları yaktı. Işıkları söndürdü. Belimden tuttuğu gibi beni koltuğa yatırdı. Bir taraftan öpüyor, bir taraftan da üstümdeki kıyafetleri çıkarıyordu.

Çok iyi sevişiyordu. Birçok kadın ile yattığı belliydi. Saatlerce deliler gibi seviştik. Genç bir bedene ve daha önce bilmediğim bir kokuya âşık olmuştum. Her ikimiz de o gece tecrübemizi konuşturmuştuk.

Sabah olduğunda genç bir erkeğin yatağında uyandığımda içime dolan pozitif enerjinin ne demek olduğunu sen tahmin edemezsin. O sabah ikinci acımı da dindirmiştim. Genç kuaför âşığım ile ara sıra evinde buluşup sevişiyorduk. Bir gün sıkıldığımı anladım. Artık yeni kokuları duymak istiyorum.

* * *

Türkan'ı dinlerken, "Artık yeter!" diye isyan ettim. "Daha fazla seni dinlemek istemiyorum."

"Kıskandın mı?"

"Bilmiyorum. Ama seni dinlemek istemiyorum."

"İstersen seninle de bunları yaşayabiliriz. Senden hoşlandığımı biliyorsun. Bir evet demen benim için yeterli olacaktır."

Ne söyleyeceğimi şaşırmıştım.

"Peki. O zaman benden günah gitti," dedim.

Bu da her şeye sahipken, bunalan bir kadın portresiydi...

Aldatmak için bahane de çoktu, mazeret üretmek de kolaydı...

ONUNCU İTİRAF
SADAKAT

"Güzelin talihi çirkin olur!"

Türk Atasözü

SADAKAT

Hiç unutmam, bir gün bayan arkadaşlarımdan birinin doğum günüydü. O akşam doğum günü partisine gitmiştim. Gece boyunca yanında oturan en samimi arkadaşı -öyle olduğunu sanıyordum- ile gecenin sonunda onun dairesinde sevişmiştik.

Gecenin kadını, "Biliyor musun?" diye konuşmaya başladı.

Benim yerimde başka bir erkek olsaydı herhalde bu soruya karşılık, "Neyi biliyor muyum?" derdi.

Ben ise, "Biliyorum," dedim.

Bu cevabıma güzel bayan çok şaşırmıştı. "Neyi biliyorsun?"

"Hayatında ilk kez böyle bir şey oldu. Yeni tanıştığın bir adamla birkaç saat sonra sevişiyorsun. Daha önce böyle bir şey yaşamamıştın."

"Evet," dedi. "Nereden biliyorsun?"

"Bilmem. Öylesine salladım," dedim.

Ne de olsa gerçekçi bir erkektim.

"Bir kadın yatağında çırılçıplaksa asla onunla tartışma. En son noktada kaybeden sen olursun."

"Biliyor musun?" diye tekrar sordu. Bu sefer verdiğim cevap hayırdı.

"Üç yıldır erkek arkadaşımdan sonra elime bir erkek eli değmedi. Öyle her önüme gelen erkekle birlikte olan bir kadın da değilim."

Hiçbir şey söylemedim. Dudaklarından öptüm. Gecenin kalan bölümüne devam etmek için elimi açılmamış kondom paketine götürürken, kulağıma fısıldadı:

"Bunu kullanmana gerek yok aşkım. Seni içimde hissetmek istiyorum. Her şey bu gece doğal olsun. Hamile kalmamak için koluma üç tane çubuk taktırdım. Elini sür, bak. Hissediyor musun?"

O sabah nedense güzel bayanla birlikte uyanmak istememiştim. Şafak sökmek üzereydi. Gitmek istediğimi söylediğimde şaşırmıştı. Kapıdan çıkarken kartvizitini elime tutuşturdu.

"Sabah birlikte sahilde kahvaltı yaparız sanmıştım aşkım," dedi.

Başka bir zaman diyerek evden ayrıldım. Arabamı çalıştırırken yanımda duran çöp kutusuna gözüm ilişti. Kartviziti buruşturduğum gibi kutuya attım. Bir daha bizim için sabah olmayacaktı.

Sabahın kör bir vakti İstanbul sokaklarında uykusuz bir şekilde gezinirken, güzel bayanın neden doğum günü olan arkadaşımdan nefret ettiğini düşündüm. Gece araba ile evine doğru yol alırken bana ne söylemişti?

"Her haltı bildiğini sanıyor. İnsanlara kişiliğinin dışında hiçbir şey vermeden onlardan saygı görmesini anlamıyorum."

Bütün gece birlikte güldüğü ve sarmaş dolaş olduğu kız arkadaşını kıskanıyordu. Başarısı ise bunu gece boyunca hiç belli etmemesiydi. Birkaç saat sonra soyunup koynuna gireceği yabancı bir erkeğe ondan nefret ettiğini kolaylıkla söyleyebilmişti. Benimle o gece yatarken acaba ondan intikam mı almıştı?

Düşündüm. Düşündüm. Düşündüm...

Kendimce hiçbir sonuca varamadım. Düşüncelerim rüzgârlı bir havada savrulan bir yaprak gibi uçuşmaya başlamıştı. Nedendir bilmiyorum aklıma o anda arkadaşım Sibel geldi.

Sibel de ihanete uğrayan bir kadın değil miydi? Ev arkadaşı Nurgül de onu kıskanmamış mıydı? Çevresindeki insanlar da Sibel'e saygı duymuyorlar mıydı? Sibel de kişiliğinin kurbanı olmamış mıydı?

Doğum kontrol hapının sağladığı özgürlük Nurgül'e istediğini elde etme şansını vermemiş miydi?

Sibel'in Nurgül ile hikâyesini hatırlamaya çalıştım.

Bana aynen şunları anlatmıştı...

MAĞDURİYET

Aylar aylar öncesi...

Üniversite yıllarım. Sekiz yıllık bir ilişkim vardı. Hayatım boyunca bir erkeği hiç böylesine sevmemiştim. Sana nasıl söylesem, ayaklarım yerden kesilmişti. Serkan da beni çok seviyordu. En azından öyle olduğunu biliyordum. Her şey bizim için çok güzel gidiyordu. Hatta ailelerimiz bile birbirleri ile tanışmışlardı. Evlenmeye karar vermiştik ama okullarımızın bitmesini bekliyorduk.

Serkan, oldukça yakışıklı bir erkekti. Ama beni ilgilendiren yakışıklılığından ziyade o mütevazı kişiliğiydi. Bana olan sevgisi yüzünden başka bir şehirde okuduğu fakülteyi yarıda bırakarak, tekrar üniversite sınavlarına girmişti. O yıl benim okuduğum şehirde bir fakülteyi kazanarak yanıma gelmişti. Serkan'a ayrı bir ev kiraladık. Çünkü evlenmeden asla aynı evde yaşayamazdım onunla. Serkan dışında ise evimin kapısı yalnızca kız arkadaşlarıma açıktı.

Bir akşam evimin kapısı çalındı. Kapıyı açtığımda hiç tanımadığım bir kız karşımda duruyordu. Ağlıyordu.

"Kusura bakmayın. Beni tanıdınız mı?"

"Hayır."

"Dün yolda giderken selamlaştığınız arkadaşınız Aslı'nın yanındaki kızım."

"Evet. Şimdi hatırladım. İyi de benden ne istiyorsunuz?"

"Tekrar özür dilerim. Aslı dün sizin çok iyi bir insan olduğunuzu söyledi. Herkese yardım elinizi uzatıyormuşsunuz. Benim de çok moralim bozuk. Ev arkadaşım ile kavga ettik. Valizimi de yanıma alarak evi terk ettim. Aslı dün nerede oturduğunuzu söylemişti. Ben de şimdi size geldim. Akşam vakti sizden başka gidecek bir yerim yok."

Ne söyleyeceğimi şaşırmıştım. Başka çarem olmadığı için onu içeri davet ettim.

İsmini daha sonra öğrendiğim Nurgül, üniversiteyi uzatmalı okuyormuş. Alt sınıflardan ders aldığı için yalnızca sınav zamanlarında gelip gidiyormuş. Nurgül, önceleri bu şehre bir Anadolu kasabasından gelip gidiyormuş. Daha sonra da İstanbul'a yerleşmiş. Bir de nişanlısı varmış. Evlenmek için okulunun bitmesini bekliyorlarmış. Nurgül'ün o âna kadar bize anlattığı hikâye böyleydi.

Ama günler ilerledikçe başka bir yönünü öğrenmiştim. Nurgül, İstanbul'dan okuduğu şehre gelip giderken bir başka erkeğe âşık olmuş. Bu, çok yakın bir arkadaşıymış. O erkeğe duygularını açmış. Oğlan Nurgül'e, "Unutma ki sen nişanlı bir kadınsın. Nişanlı olmanı bir tarafa bırakalım, sen kız kardeşim gibisin. Yıllardır seni hep o gözle gördüm, bundan sonra da benim için öyle kalacaksın," demiş.

Nurgül'ün o akşam daha neler yaşadığını bilmiyorum ama ev arkadaşı tarafından kovulmuştu. Saat gece yarısını gösteriyordu. Merhametli biriyim ya, acıyıp evime almıştım. Nurgül'ü aldım karşıma akıl vermeye çalıştım:

"Bak, senin yaptığın hiç doğru değil. Üstelik nişanlı olduğunu söylüyorsun. Neden bunu yapıyorsun?"

Bana verdiği cevap oldukça ilginçti: "Nişanlım Anadolulu. Uzun zaman sonra anladım ki, beklediğim ve özlediğim hayatı bana veremeyecek."

Kendi kendime o anda kızdım. Böyle bir kadını ne diye evime aldım diye. Saate baktığımda neredeyse sabah olacaktı.

"Artık uyuyalım," dedim. Odasını gösterdim. Bu arada evimde bir kız arkadaşım daha kalıyordu. Seda, uyuduğu için bu olaylardan sabah haberdar olmuştu. Seda ve ben Nurgül'ün moralini düzeltmek için o gün ne şaklabanlıklar yaptık. Akşam Serkan bize uğradı. O gün okula gitmediğimiz için merak etmişti. Serkan, Nurgül'ü evde görünce şaşırdı. Yüzüme baktı. 'Kimin nesi?' diye.

Onu Nurgül ile tanıştırdım. Nurgül'ün hikâyesini bir ara gizlice anlattım. Nurgül'den hoşlanmadığını söyleyip onu bir an önce evden göndermemi istedi

"Bana bakışları hiç hoşuma gitmedi. Senin bu iyi niyetin beni hep korkutuyor zaten."

Serkan'a güldüm. "Sen de kötü kalpli bir erkeksin. Nurgül'ün durumunu anlamıyorsun. Şu dönem için burada kalmak zorunda. Sınavlarını vermesi gerekiyor. Bu evden gönderirsem İstanbul'a dönecek."

Bunun üzerine Serkan, "Elin kızını evine alıyorsun da, sekiz yıllık erkek arkadaşınım, benim bu evde kalmama neden izin vermiyorsun? Benim kalmama izin vermiyorsan, ona da izin verme," diye çıkıştı.

Nurgül, bir ay bizde kaldı. Bu arada alttan aldığı derslerinin sınavlarına girip çıkıyordu. Elimden geldiğince onu memnun etmeye çalıştım. En son sınavının finaline girdikten sonra İstanbul'a dönmek için izin istedi. Evden ayrılırken saatlerce ağladı.

"Senin hakkını hiçbir şekilde ödeyemem."

Nurgül'den birkaç gün sonra Serkan'la birlikte İstanbul'a geldim. Sömestr tatilini ailelerimizin yanında geçiriyorduk. Babasının aldığı son model BMW marka spor arabası ile İstanbul'un altını üstüne getirmiştik.

Serkan bir sabah beni aradı.

"Hemen hazırlan gidiyoruz."

"Hayrola nereye?"

"Acil olarak kayıt yenilemem gerekiyormuş. Yeni arabamız ile gideriz. Bir gece kalıp tekrar geri döneriz."

"Bana bir çuval altın versen seninle gelmem. Madem gitmen gerekiyor, o zaman sen yalnız başına git."

Serkan onunla gitmek istemediğim için bana kızdı.

"Ben yalnız başıma gidersem iki-üç gün kalırım."

"Salak olma," dedim. "İstediğin kadar kalabilirsin. Bana söylemenin anlamı bile yok. Nasıl olsa gelsem yine aynı evde kalmayacağız. Sen keyfine bak."

SEVGİLİ SÖZÜ DİNLEMEK

Serkan akşama doğru tekrar beni aradı.

"Aşkım, sana bir şey söylemek istiyorum," dedi. "Nurgül denen arkadaşın az önce beni cepten aradı. Numaramı kimden aldığını şaşkınlıktan soramadım. Kayıt yenilemeye gittiğimi duymuş. Benimle gelip gelemeyeceğini sordu."

Serkan'a, "Sen ne cevap verdin?" dedim.

"Daha bir şey söylemedim. 'Şayet gidersem seni ararım,' dedim. İşin doğrusu benimle gelmesini istemiyorum."

Serkan'a çıkıştım: "Çocukluk yapma. Madem gelmek istiyor tabii götürebilirsin. Onun da zaten kayıt yenilemesi gerekiyordu. Sana her konuda güvenim sonsuz, biliyorsun," dedim.

Serkan ile Nurgül birlikte gittiler. Ama Nurgül'ün beni niçin aramadığını merak etmiştim. En azından bana Serkan ile birlikte gitmek istediğini söyleyebilirdi. Bundan bana hiç bahsetmemişti.

Serkan bana üç gün kalacağını söylemişti zaten. Nurgül'ün de bir gece kalıp döneceğini söylemişti. İki gün sonra akşama doğru Nurgül'ü işyerinden aradım. İşyerindeki sekreter bana şehir dışında olduğunu, daha dönmediğini söyledi.

Telefonu sekreterin suratına kapattıktan sonra içimi bir şüphe sardı. Bu şüphe galiba kadınlık içgüdüsüydü.

Arkadaşlarım beş çayı için bana gelmişlerdi. Elim ayağım titremeye başladı. Herkes şaşkınlık içindeydi.

"Ne oldu sana böyle bir anda?" diye sordular. Ağlamaya başladım.

"Galiba," dedim, "Serkan ile Nurgül arasında bir ilişki var. Kız daha dönmemiş. İçimde tuhaf bir his var."

O anda evde bulunan herkes bana gülmeye başladı. Ne söyleyeceğimi şaşırmıştım. Ağladım. Ağladım. Ağladım...

Evdekilerden özür dileyerek, "Ben gidiyorum," dedim.

Birkaç parça eşya yanıma alarak evden çıktım. Hemen bir otobüs firmasına giderek kendime bir bilet aldım. Hissettiğim kuşku bütün bedenimi sarmıştı. Hiçbir şekilde sağlıklı düşünemiyordum. "Bunu bana nasıl yaparsınız?" diye içimden kendi kendime söyleniyordum.

Her zaman gidip geldiğim yol uzadıkça uzamıştı. Bir türlü bitmek bilmiyordu. Şoföre seslenmek istedim, "Daha kestirme bir yol yok mu?" diye.

Sustum. Söylemek istediklerimi bağrıma bastım.

Aklıma Serkan'ın yedek anahtarının yanımda olup olmadığı geldi. Çantama baktım. Her zamanki gibi aradığım şeyi bulamıyordum. Çantayı ters çevirerek yanımdaki boş koltuğa döktüm. Anahtarı buldum. Bu anahtara ilk kez ihtiyacım olduğunu düşündüm.

Karanlık iyice bastırmıştı. Şehre girmek üzereydik. Serkan'ın evine vardığımda kapıyı gizlice açıp içeri girmem gerektiğini düşündüm. Ya ben Serkan'a sürpriz yapacaktım ya da onlar bana.

Otobüs otogara yanaştı. Kapı açılır açılmaz kendimi bir taksiye attım. Taksiye binerken bacaklarımın titrediğini hissettim. Evin anahtarını cebimden çıkardım. Elimdeki demir parçasına aptal aptal bakıp duruyordum. İçimden dualar ettim. Bu düşüncelerimin bir rüya olmasını diledim. Bir an önce eve girip gördüğüm rüyadan uyanmak istedim.

Ben bu düşüncelere dalmışken, taksicinin sesi ile uyandım:

"Abla geldik."

Bacaklarımın titremesi ellerime de sıçramıştı. Taksici titreyen ellerimden parayı alırken, "İyi misiniz abla?" dedi. Ağlamaya başladım.

"Beni beş dakika burada bekler misiniz lütfen? Beş dakikaya kadar gelmezsem gidebilirsiniz."

Taksici kontağı kapattı. Beni beklemeye başladı.

Apartmana girdim. Merdivenleri zar zor çıkmaya başladım. Sessizce kapıyı açtım.

Eve girdiğimde her tarafın ışığı yanıyordu. Titreyen bacaklarım beni en arkadaki odaya götürdü. Kapıyı açtığımda hayatım boyunca hiç unutamayacağım gerçek karşımda duruyordu.

İHANET

Serkan ve Nurgül'ü çırılçıplak sevişirken buldum.

Kapının kolu elimde kalmıştı. O anda şoka girdim. Buz kesen gözlerim, düştüğüm bu duruma ağlayarak bakıyordu.

Elimde kalan kapı kolu ile kapıyı kapattım. Evden çıkarken mutfaktaki buzdolabının üstüne yapıştırılmış rujlu bir kâğıda gözüm ilişti. İşte o anda kendimi daha fazla tutamadım ve oracıkta yıkıldım.

Nurgül'e yazılmış bir aşk şiiriydi. Belki onu bir gecelik ilişki diye affedebilirdim ama o şiiri gördükten sonra benim için Serkan o anda bitti.

Koşarak kendimi dışarı attım. Taksici bir sigara yakmış beni bekliyordu. Kendimi iyice kaybetmiştim. Hıçkırarak ağlamaya başladım.

Taksiciye, "Hemen arabayı sür," dedim.

Taksici biraz gittikten sonra, "Abla nereye gidiyoruz?" diye sordu.

Hiç düşünmeden, "İstanbul," dedim.

Taksici arabayı durdurdu. "Abla benimle dalga geçmiyorsunuz değil mi? İstanbul dediğiniz yer buradan beş saat uzakta. Sakın bir yanlışlık olmasın."

"Çok fazla konuşma. Arabayı dediğim yere sür," dedim.

Taksici, "Peki hanımefendi," dedi.

Yol boyunca sürekli ağladım.

Düşünebiliyor musun? Kendimi o kadar kaybetmişim ki, o kadar yolu bir dünya taksi parası ödeyerek geldim.

Günlerce evden dışarı çıkmadım. Her şeyi sorgulamaya başladım.

Neden? Neden? Neden?

Neden bu olanları yaşadım?

Serkan birkaç gün sonra beni aradı. Aylarca peşimden koştu. Özür üstüne özür diliyordu. Barışmamız için araya aile büyükleri girdi. Ama bu ilişki ve sevdiğim erkek benim için artık bitmişti. Çünkü o gece buzdolabının üstündeki rujla süslenmiş şiir, sevgimi o insandan alıp uzaklara götürmüştü. Birlikte olacağım erkeğe bir ömür boyu şüphe ile bakamazdım.

Serkan'la üniversiteyi okuduğumuz şehirde daha sonra devamlı karşılaşmamıza rağmen hep ondan kaçtım. Okul bittikten sonra da o şehirden ve ondan sonsuza kadar uzaklaştım.

İki yıl sonra bir gün telefonum çaldı. Arayan Serkan'dı.

"Evleniyorum. Bir tek kelimen ile istersen her şey tersyüz olabilir," dedi.

Ben de, "Ne halin varsa gör," dedim ve telefonu yüzüne kapattım.

Evlendiği kadın Nurgül'den başkası değildi. Daha sonra duydum ki, evlendikten altı ay sonra boşanmışlar.

Ama bütün bunların neden başıma geldiğini üç yıl sonra bir arkadaşımdan öğrenmiştim. Nurgül'e kapımı açtığım ilk günlerde, insanların bana duyduğu saygı ve sevgiden etkilenmiş.

Nurgül de o zaman bu soruyu kendisine sorup duruyormuş: "Nasıl olur da bir kadın hiçbir şey vermeden çevresi tarafından bu kadar saygı ve itibar görür?"

Nurgül'ün de bulunduğu bir ortamda bir gün arkadaşlarım bana demişler ki: "Çok şanslı bir kızsın. Serkan, oldukça yakışıklı bir erkek.

Aynı zamanda da zengin birisi. Üstelik çocuk seni deliler gibi de seviyor."

Bu lafın üzerine ben de demişim ki: "Ben şanslı bir kadınım da, Serkan şanssız bir erkek mi? Benim gibi bir kızı bulduğu için öpsün başının üstüne koysun. Cinselliğimi kullanmadan bu güzellikleri kendi adıma yaşıyorum. İnsanlar bana saygı duyuyor. Çünkü kişilik yapımı seviyorlar."

O anda Nurgül'ün yaşadığı ilişkiler üzerine bir bayan arkadaşım da, "Nurgül için ne düşünüyorsun?" demiş. Güya bu soru üzerine ben de demişim ki: "Nurgül asla benim gibi bir kadın olamaz."

Nurgül de o bayan arkadaşıma, "Bir gün gelecek ikimiz yer değiştireceğiz. Benim için onun itibarı yerin yedi kat altında sürünecek," demiş.

Yıllar sonra arkadaşımdan duyduklarıma inanamamıştım. Ben bir kadın hakkında böyle düşünmezken o böyle anlamıştı. Söyleyecek bir tek kelime bile bulamadım.

Bir pazar günüydü.

Yıllar önce unuttuğum bir ses telefonla beni arayıp bulmuştu

"Ben Nurgül. Herhalde kim olduğumu çıkardınız. Lütfen konuşmamı kesmeyin ve sadece beni dinleyin. Üniversite yıllarında okurken bir söz söylemiştiniz. Erkeklerle cinsel anlamda birlikte olmayarak itibar görüyorum. Bugün bakıyorum ki, itibar görenlerin düştükleri durumlar ortada. Yıllardır hep merak ettim. Hâlâ aynı görüşü savunuyor musunuz?"

"Evet," dedim.

Ardından da kendimi tutamayarak, "Sen galiba hasta ruhlu bir kadınsın," dedim.

Yüzüme telefonu kapattı. Bir daha hiç ama hiç aramamak üzere.

KADINLAR ÜZERİNE DENEMELER

"Bir ankete göre kadınlar erkeklerin önünde soyunurken, başka kadınların önünde soyunmaktan daha çok rahat ediyorlarmış. Diyorlarmış ki kadınlar yargılıyorlar, oysa erkekler minnet duyuyorlar."

Robert de Niro

GÜVEN VE GÜVENCE

İkili ilişkilerde en büyük çıkmazlardan biri, kadının beklentisi ile erkeğin beklentisinin çoğu noktada kesişmemesi. Kadın bir erkekten güvence isterken, erkek ise vereceği güvencenin karşılığında sadece güven istemektedir.

Kadın neden güvence ister?

Acaba kendi kanatları üstünde uçmasını bilmedikleri için midir? Yoksa her konuda bilgi sahibi olan kadın, bu duygusunu geliştirememiş midir?

Erkek için bu durum kadının zayıflığı gibi görünse de, kadın için bu düşünce tamamen bir zekânın ürünüdür. Kadının böyle bir beklentinin içine girmesi, kendine güvensizliğinin bir sonucu olduğu gibi aynı zamanda annelik duygusu ile de ilintilidir. Doğurgan bir yapıya sahip olan kadın, geleceğini güvence altına almak ister. O nedenledir ki kadınlar fakir erkekleri pek sevmezler.

Kadının 'aşkın ölümsüz olduğunu bilmesi', kadını erkeğe karşı her zaman üstün kılmaktadır. Erkek ise geçmişin kendine yüklediği, 'beyaz atlı bir prens' rolüyle atını bir zindandaki kadından diğer bir zindandaki kadına sürüp duracaktır. Çünkü zindandaki kadın sanki onca zamandır yalnızca onu beklemiştir. Ve onu bekleyen kadın gelip geçen birçok prensin onu kurtarmasına izin vermemiştir. Erkek bunun böyle olduğuna inandırılmıştır. Çünkü onu kurtarmak isteyen prenslerin hiçbiri onun kadar yakışıklı değillerdir. Üstelik atları da beyaz değildir.

'Aşkın ölümsüz olmadığını' bilen erkek ise prensesini kurtarmak için, kendisini ve atını zindanın karanlıklarına doğru sürdüğünde, bir gün atını da zindanda bırakıp tek başına dışarı çıkacağını bilemez. Sonradan canını kurtardığına mı sevinsin, yoksa atından ve prensesinden olduğuna mı üzülsün, bunu bir türlü kestiremez.

Prens, harap olmuş bir şekilde zindanın kapısında bu karmaşık duyguları yaşarken, prenses, dörtnala kendisine koşan başka bir beyaz atlı prense, zindanın kapılarını açmıştır.

"Hadi içeri gir. Benim yakışıklı prensim. Beni buradan kurtarırsan ancak sen kurtarırsın."

Eğer bir kadını son derece mutlu görürsen, bilmelisin ki, bütün maddi ihtiyaçları karşılanmıştır. Kadını maddi açıdan mutlu eden erkek ise kadının ona sırılsıklam âşık olduğuna inanır. Erkeğin aşk mantığı ile kadının aşk mantığı, Küçük Ağrı Dağı ile Büyük Ağrı Dağı'nın birbirine büyüklenmesine benzer. Küçük dağa sahip olan erkek, daha büyük dağa sahip olan kadının kendisine bir ömür boyu tepeden bakıp parıldayacağını düşünür.

Ancak, kadının parlamasının sürekli olmasını beklemek, tıpkı havanın hiç değişmemesini beklemek gibidir. Her güneşli havanın ardından bir gün mutlaka kara bulutlar, ardından yağmur ya da fırtına gelir. Erkek ise her defasında bu gerçeği unutur.

Kadının güvencesine karşın, erkek neden güven arar?

Bu beklentinin arkasında yatan gerçek, erkeklerin kendine güvenmemesidir. Bunun aksini düşünürsek o zaman erkek, kadına güvenmiyordur.

Evlenmeden önce her önüne gelen kadınla birlikte olmak isteyen erkek, evlenmeye karar verince 'temiz aile kızı'nın peşinden koşmaya başlar. Ama yine de psikolojik bir rahatlama olsa gerek, güvenecek bir kadın aramaktan erkek kendini alamaz. Bir erkek şayet bir kadında güven arıyorsa, önceki kadınlar ile yaşadıkları ilişkileri onaylamadığı içindir.

Yani daha önceki kadınların yaşamlarını onaylamadığı için başka bir kadında güven aramaktadır. Bu gerçek böyle değilse erkekler o zaman neden kadınları 'yatılacak kadın' ve 'evlenilecek kadın' diye sınıflandırırlar?

Erkeğin bu saçma düşüncesi, olduğu yerden yüzüne aslında haykırmaktadır. Ama erkek ilişkiyi gözlemlerken, kulaklarını tıkamıştır. Bu gerçek erkeğe şöyle seslenmektedir:

"Eyy muhteşem salak erkekler. Açın gözünüzü ve bu aptallığınızı sırtınızdan atın. Aslında siz birbirinizin güvenmediği kadınlara güveniyorsunuz. Birinizin orospu dediğine, diğeriniz 'güvenebileceğim ve evlenebileceğim temiz aile kızı' diyorsunuz. Gerçek böyle olmasa, erkeklerle ilişki yaşayıp daha sonra onlarla evlenen kadınlar kimlerdir? Güven duyup evlendiğiniz kadın, başka bir gezegenden mi geldi?"

İlişkilerde kulağı kapalı olan erkek, güven duygusundan yine de vazgeçmez ve güveneceği kadını bulmak için onun peşinden gider. Güveneceği kadının peşinden giden erkeklerin büyük bölümü de ne mutlu ki, güveneceği kadını bulurlar. Erkek, böyle bir kadını bulduğunda sevinir.

O kadının daha önceki sevgilileri ise içlerinden şunu geçirirler:

"Seninle evlenen salak erkeğin, Allah yardımcısı olsun. Seninle evlenmediğim için verilmiş bir sadakam varmış!"

Öyle değil mi?!

Sen hiç fakirleri seven bir kadına rastladın mı?

Marcel Pagnal

BEYAZ ATLI SEYİS

Birçoğunuza göre bekâr bir insanın evlilik hakkında konuşması kadar saçma bir şey olamaz. Böyle düşünenlere sormak isterim: Evli insanlar evli olduğu için mi evlilik hakkında çok şey biliyorlar? Yoksa bekâr insanlar evlilik hakkında çok şey bildikleri için mi evlenmiyorlar?

Bu sorulara siz aklınızda cevap ararken, meşhur Güzin Abla'ya yazılmış ilginç bir mektuba göz atalım:

Sevgili Güzin Abla;

Sizin tek taraflı düşünmeyeceğinizi biliyorum. Yalnız genç kızların aşk acıları olmadığını, zaman zaman da aşkı uğruna ölebilecekken, sevip de ortada kalan genç erkeklerin de bulunabileceğini görmenizi ve bunları okurlarınıza aktarmanızı istedim.

Özel bir şirkette müdürdüm. Pozisyonuma göre yaşım oldukça gençti. O dönemlerde yeni evli olmama rağmen, eşimle çok büyük sorunlar yaşıyorduk. Kültür farkı ve yetişme tarzımız, evliliğimizin iyi gitmeyeceğinin sinyallerini vermişti. Nikâhtan bir gün önce onu terk etmeyi düşündüğüm halde yapamamıştım.

Evliliğimiz boyunca hep kırılan ben oldum. Evliliğimizin iyi gitmediğini çevremizden hiç kimse anlamamıştı. Herkes bizi örnek çift olarak gösterirken, ben içten içe acı çekiyordum.

Çünkü eşim beni çok ihmal ediyor, her an kırıyor ve çok üzüyordu. Çektiğim acıları anneme bile anlatamadım. Babasız büyüdüğüm için annemin tek dikili ağacı bendim. Çoğu geceler eşim beni yatağa almadığı için koltuk tepelerinde, mutfakta uyuduğumu bilsin istemedim.

Böylesine bir mutsuzluk içindeyken, işyerimde bir genç kızla arkadaş olduk. O platonik bir aşk içindeydi. Ona bir ağabey, bir dost gibi yol göstermeye çalıştım. Bu arada eşimin üç aylık hamile olduğunu öğrendim. Hamilelik günlerinde ona sanki ilk tanıştığımız günlerdeki ilgi ve sevgiyle yaklaştım. Fakat zamanla yine hakaret, bencillik, dırdır başladı. Doğum yaparken bile beni istemedi, yanında anne ve babasının elini aradı.

Yalnızlığım ile mücadele ederken, o genç kızın sevgilisinden ayrıldığını öğrendim. Her zamanki gibi ona teselli verirken, daha evvel hiç eşimi aldatmamama rağmen, duygusal olarak bir aldatma ve aşk başladı. Onun için yapmayacağım şey yoktu. Ölümüne seviyordum. Işık hızı ile aşkımı yaşıyordum. Ama ona hiç dokunmadan, elini bile tutmadan. Bendeki değişiklik, eve geç gelmelerim, hafta sonları evde kalmamak için uydurduğum bahaneler derken, büyük bir kavgayla her şey koptu ve eşimle ayrılmaya karar verdik.

Tek celsede boşandık.

Artık aşkımı istediğim gibi özgürce yaşayabilecektim. Ona o kadar değer verdim ki, ismini cep telefonuma ve arabam dahil her yere kazıdım, yazdım. Ailesinin içine girdim, herkese ona olan aşkımı anlattım.

Bir süre sonra nişanlandık, imam nikâhı kıydık. O benim oldu, ben de onun. Fakat benim bir çocuğum vardı. Başlangıçta bunu hiç sorun yapmamıştı. Çocuğumu eve alıp bana destek oluyor, ona bakıyordu. Zamanla kıskançlık krizleri başladı. Onun tüm hayallerini yerine getirdim. Bu aşk giderek bana pahalıya mal olmaya başlamıştı. İki arabam vardı. İkisini de sattım. Parayı ailesi ile birlikte yediler. Bir süre sonra da kariyerimi ve işimi aşkım yüzünden kaybettim.

Dört ay evde işsiz oturdum. Beni köreltti. Daha da ileri gitti, "Çocuğunu görmeyeceksin. Bu evde benim dediğim olacak," diye tutturdu. Sonunda cinnet geçirdim ve ayrıldık.

Öylesine çılgın bir haldeydim ki, ailem bile beni istemedi. Arkadaşlarımda da uzun süre kalamazdım. Taksim'de sokaklarda kaldım, tinercilerle sabahladım. Ama onu bir türlü unutamadım. Kimbilir kaç kez karşısına çıktım ama o paranoya halindeki düşüncesinden vazgeçmedi.

Eski eşimle barışmak istediğimi düşünüyordu. Onun için çocuğumu hiçe saydığımı, anacığımı bile gölgede bırakan aşkımı anlamamıştı. Hayatında yeni bir sayfa açtığını, geçmişe bir çizgi çektiğini anlattı. Günde beş vakit namaz kılan sevdiğim kadın, bana ait olan o insan, açılıp saçılmıştı.

Babasından ödü kopan o kız, yalanlarla dolanlarla işe girmişti. Bense sekiz ay boyunca işsiz güçsüz sokaklarda sürünüp sonunda intihara kalkıştım. Tamamen tesadüf eseri, bir arkadaşım beni hastaneye yetiştirmeseydi, şimdi ölmüştüm. Yakınlarım haber verilmesine rağmen beni gelip görmek bile istemediler.

Ben onun için tüm hayatımı, işimi gücümü, ailemi, paramı pulumu tükettim. O ise beni aramadı bile. Arkadaşlarım, "Seni sevmemiş, yalnızca seninle paran için evlenmiş. Seninle gönül eğlendirmiş. Paran bitince aşkınız da bitmiş," diye yorumladılar durumumu. Oysa ben onun için ölüyordum.

İçimdeki aşk acısı sönmedi ama şimdi oğlumla arama hiç kimseyi sokmuyorum. Onunla daha çok beraber oluyorum. Yeni bir işe başladım. Hayatımda kimse yok şu anda. Çünkü geceleri beni hâlâ uyutmayan bu sevgi yüzünden çektiklerim bana ders oldu.

Güzin Abla, görüyorsun. Hayatta hep genç kızlar ve kadınlar acı çekmiyor. Bu aşk acısı neredeyse ölümüme neden olacaktı. Yine de bana bir akıl ver. Bu akla ihtiyacım var. Herkes öğüt veriyor ama sizinki her şeyden daha önemli. Ne dersiniz, ben deli miyim?

Bu satırları yazan bir erkeğin deli olup olmadığını bilmiyorum ama bu erkeğin aptal olduğu kesin.

'Aşk mutluluğu asla satın alamaz. Evlilik de öyle. Mutluluğu ancak yine mutluluk satın alır,' diye düşünüyorum. İki tarafın ihtiyaçlarının denk olmadığı bir evlilik asla yürümez.

Somerset Maugham, "Her evlilikte seven biri vardır," diye yazıyor. "Bir de sevilmeye razı olan."

Bütün mesele bence bu. Siz hangi tarafsınız? Seven biri olmak mı istersiniz, yoksa sevilmeye razı olan biri mi?

Evli çiftlere baktığımızda yaşamlarından hep şikâyetçi olmuşlardır. Kadınlar kocalarının kendilerini anlamadığından şikâyetçiler. Onlara göre, yıllarca saçlarını süpürge etmişlerdir. Ama boyu devrilesice herifler bunu bir türlü takdir etmemiştir. Kocanın yıllardır anlayışsız olduğundan yakınılır.

Erkeklere göre ise karıları ömürlerini yiyip bitirmiştir. Onları sırtlarında taşımışlar ama yine de yaranamamışlardır. Özgürlüklerini tamamen ellerinden alan kadınlar, erkeklerin her şeyine karışırlar.

İşte can alıcı soru geliyor:

Tekrar evlenseniz aynı eşi seçer misiniz?

Siz kendi yanıtınızı arayadurun, aynı soruyu yirmi yıllık evli eşlere soran araştırmacıların edindiği ilginç sonuca bakalım: 'Evet' diyenlerin oranı sadece yüzde 2,7.

Gönlünün prensini bekleyenler anlaşılıyor ki, 'seyise' bile razı olmuşlar.

Kadın kıçını yüreğinden daha kolay açar.

Balzac

KAFAYI EVLENMEYE TAKMIŞ KADINLAR

Londra'daki Queen Mary Üniversitesi tarafından yapılan bir araştırmaya göre evlilik, kadınların ruh sağlığını korurken, erkeğinkini ise bozuyormuş.

Aynı araştırmaya göre evli erkeklerin, sevgilileri ile evlenmeden önce birlikte yaşamayı tercih eden erkeklerden daha fazla ruhsal sorun yaşadığı ortaya çıkmış.

Peki, kadın neden evlenmek ister?

Bu sorunun cevabını özgür kadınların piri Duygu Asena, Vatan gazetesinde çıkan bir yazı dizisinde bakın nasıl açıklıyor:

"Kadınlarla konuştukça ortaya çıkıyor ki, Türk kadını evlilik meraklısı. Evlenmezse kendini eksik ve ezik hissediyor. 'Evde kalmış'lık duygusu akıllardan çıkmış gibi görünmüyor. Sonu boşanmayla bitse bile evliliği arzuluyor..."

Duygu Asena'nın yazdıkları kısmen doğru olsa bile, sadece kadınların evlilik delisi olduğu sonucunu çıkarmak yanlış olur. Şunu unutmamak gerekir: Evde kalmış ne kadar 'kız kurusu' varsa, o kadar da 'erkek kurusu' var artık.

'Kadın neden evlenmek ister?' sorusuna tekrar dönelim.

Kadın bir 'gül' gibidir. Yaşamı boyunca o diri bedeni bir kez açar ve sonra yavaş yavaş solmaya başlar. Fiziksel güzelliğinin bir ömür boyu sürmeyeceğini bilir. Yaşlanınca yanında onunla birlikte olacak bir erkeği arar gözleri. Diğer bir neden ise otuz yaşına basan her kadının içinde annelik duygusunun filizlenmesidir.

Her kadın -çocuğu erkeğin doğurmasını isteyen feminist kadınlar hariç- annelik duygusunu tatmak istemektedir. Başka bir neden ise çocuklarının eğitimlerini sağlayacak bir erkeğe ihtiyaç duymalarıdır. Kadın ne kadar iyi bir anne olsa da, çocukların masrafını babanın üstlenmesi gerektiği gibi bir fikre sahiptir.

Yıllar önce tanıştığım Canan'ın hikâyesi de bu gerçekle örtüşmüyor muydu?

Canan, evlenmiş, ayrılmıştı ve bir çocuğu vardı. Yani toplumun gözünde 'dul bir kadın'dı. İstanbul'un en gözde hastanelerinden birinde doktor olarak çalışması bile onu mutlu etmiyordu.

Kocasından boşandıktan sonra, hayatındaki değişimleri bir gün bana saatlerce ağlayarak anlatmıştı.

Mutsuz bir evlilikten sonra hayatına mutlu bir başlangıç yapması gerekirken, kâbusa dönüşen yeni yaşamını kabul etmeye çalışıyordu.

"Bütün bayan arkadaşlarımdan nefret ediyorum ve onlarla görüşmüyorum."

"Neden böyle düşünüyorsun?"

"En yakın arkadaşlarım tarafından, kocalarını baştan çıkaracak potansiyel bir orospu olarak görülmekten sıkıldım çünkü."

Söylediklerine bir anlam veremedim. Bunları ne için söylediğini anlamaya çalıştım. Uzunca bir sessizlik oldu. Bir ara bana sarılarak ağlamaya başladı. Bir taraftan da konuşmaya devam ediyordu:

"Siz erkeklere hiç saygım kalmamıştı. Ama artık yavaş yavaş farklı düşünmeye başlıyorum. En azından ne istediğinizi biliyorsunuz. Ve karşınızdaki kadına da bunu hissettiriyorsunuz.

Bir gün bayan arkadaşlarımın benim hakkımda yaptıkları dedikoduyu öğrenince şoke oldum.

"Dul kalmak bu ülkede bir suç. Bu cezayı veren ise çevrendeki kadın arkadaşların. Dul kalmış bir kadının yaşadığı zorlukları bir erkek bilemez. Siz erkekler dul kalsanız da, en azından erkek arkadaşlarınız ile ilişkileriniz eskisi gibi devam edebiliyor. Bu konuda birbirlerinize karşı güveniniz var. Ya kadın milleti? Anladım ki, sizin gibi düşünmüyormuşuz. Kadın olarak bir başka kadına güvenmiyoruz. Kocamla şiddetli geçimsizlik nedeni ile boşandık. Karşılıklı konuşup ayrılmaya karar verdik. Tabii bütün insanlar gibi bizim de evli olduğumuz zaman görüştüğümüz arkadaşlarımız, dostlarımız vardı. Hemen hemen her gün o insanlarla günümüzü geçirir, birbirimizde yatıya dahi kalırdık. Ne kadar güzel ama sahte günlermiş meğer. Kocamdan ayrıldıktan sonra bu mutlu günlerim tersine dönmeye başladı. Hayatım artık tersyüz olmuştu. Benim gibi sosyal olan bir kadın hemcinsleri tarafından asosyalliğe itilmişti. Kocamla evliyken gece yarısına kadar dışarılarda gezinen kadın, şimdi ev ve iş arasında mekik dokuyor. Eşimden boşandıktan sonra çok yalnızlık ve acı çektim. Ama hep kendi kendimi teselli ettim. Beni seven dostlarımın olduğunu düşünerek kendimi şanslı saydım. Ama kısa bir süre sonra yanıldığımı anladım. O dostlarımın kapıları tek tek yüzüme kapandı. Ben buna anlam vermeye çalışırken, öğrendiğim bir gerçekle yıkıldım. Kadınlar, kocalarını ayartırım diye korkuyorlarmış. Kendimi fahişeymişim gibi hissettirdiler. Evlerine gitmek istediğimde her zaman bir bahane uydurdular.

"Bir erkek olarak sen asla bilemezsin bu duygunun nasıl iğrenç bir şey olduğunu. Bir gün benim hakkımda düşünülen ve konuşulan her şeyi bir erkek arkadaşımdan öğrenmiştim. Bütün bayan arkadaşlarımın üstüne kusmak istiyordum. Beni kendime karşı güvensiz bir tip yaptıkları için. Haa bu arada, iyiliklerini unutmamak da gerekiyor. Söz birliği etmişcesine karar almışlar. Kendim gibi dul olan bir erkek bulacaklarmış bana. Böylelikle potansiyel bir orospu olmaktan kurtulacaktım. Tek desteğim bir yaşındaki çocuğumdu. Hayatımda önemli bir karar almıştım. Bütün arkadaşlarım ile ilişkimi kesecektim. Böyle dostlar düşman başına. Umarım bir gün onlar da benim tattığım duyguları tadarlar. En ağrıma giden şey ise bunu bana hemcinslerimin yaşatmış olmasıydı.

Siz erkeklerin düşüncelerine artık saygım var. Sizleri bu düşüncelere iten meğerse biz kadınlarmışız. En azından erkekler, dul kalmış bir erkek arkadaşınızı, karınız veya sevgiliniz için 'potansiyel pezevenk' olarak görmüyorsunuz."

O an durup düşündüm.

Biz erkekler birbirimizi 'potansiyel pezevenk' olarak görüyor muyduk?

Böyle bir soruyu o âna kadar kendime hiç sormamıştım. Bunlar benim için düşünülmesi gereken kavramlardı.

'Potansiyel orospu' ve 'potansiyel pezevenk'.

Aman Tanrım, yine devrelerim bir robotunki gibi karıştı. Yaşamın çok renkliliğinden nefret ediyorum. Kadının renkli dünyasından ise daha fazla nefret ediyorum. Dünyanın sonu acaba bir kadının avuçlarının içinde mi insanlığa sunulacak?

Bilmiyorum.

Bildiğim tek şey, bir kadın için en büyük tehlikenin başka bir kadın olduğu.

Kadınlar kendilerini sevenler için değil, onlara hükmedenler için can verirler.

H. Edip Adıvar

EVLİLİK DE NE DEMEK?

Aslında bu konu hakkında yazmayı düşünüyordum ama Hürriyet gazetesinde Pakize Suda'nın yazısını okuduktan sonra yazmaktan vazgeçtim.

İşte Suda'nın altına benim de imzamı attığım yazısı:

"Hiç başımdan geçmedi ama yine de yıllar içerisinde evlilik hakkında bir kanaat edindim. Herkes edinmiştir mutlaka. Ancak nikâh dairelerinden gün almak, SSK hastanelerinden ameliyat günü almak kadar zor olduğuna göre çoğunlukla aynı kanaatte olmadığımız ortada.

Hadi ilk evliliğini yapanları anlıyorum da, ikinci, üçüncü kere evlenmeye kalkanlara hiç aklım ermiyor.

Aşağıda bu amaçla yazılmış kanaat listemi bulacaksınız. Erkeklere, kadınlara ve her ikisine göre...

Evlilik ne demektir?

Eşinizle hısımdan ziyade hasım olmanız demektir.

Cep telefonunuzun pin kodunu karınızın da bilmesi demektir.

Kararlarınızı onaylatacağınız bir merci oluşturmanız demektir.

Pilavın iyi demlenmesi demektir.

Artık asla kendinize ait bir yorganınızın olmaması demektir.

Seksin de memuriyetinin olabileceğini görmeniz demektir.

Sevişme saatlerinizi çocuklarınızın tayin etmesi demektir.

Ses çıkarmadan sevişmeyi öğrenmek demektir.

Akrabalarınızın ikiye katlanması demektir.

Çişiniz geldiğinde değil, tuvalet boşaldığında rahatlayabilmeniz demektir.

14 Şubat'ı sevgilinizden ayrı geçirmeniz demektir.

Talimat denen şeyin sadece amirden alınmayacağını öğrenmek demektir.

Karınızın müfettişlik ve hafiyelik gibi işlere yatkın olmasını öğrenmeniz demektir.

Attığınız her adımın size dırdır olarak geri dönmesi demektir.

Hayallerinizin, ideallerinizin, plan ve programlarınızın yatağınız gibi çift kişilik olması demektir.

Sizin değil, onun sevdiği yemekleri yemeniz demektir.

Sevimli yavrucaklarınızın, gerektiğinde eşiniz tarafından hayatınızı tehdit eden bir silah haline getirildiğini görmeniz demektir.

Teslim olmak suretiyle esir olmak demektir.

Eve istediğiniz saatte döndüğünüz günleri özlemle anmanız demektir.

Her şeyi ikiye bölmek, buna karşılık masrafları ikiyle çarpmanız demektir.

İki ayrı dünyadan bir ucube dünya yaratmak demektir.

Öteki kadınların-erkeklerin nikâhınızdan mahrum kalmaları demektir.

'Her şeyle iyi gider' sloganını karınız-kocanız için benimsemek zorunda kalmanız demektir.

Evlendiğiniz gün intihar etmeniz ve naaşınızın evlilik boyunca ortalarda sürünmesi demektir."

Erkek yüreğinin özünde sertlik vardır, oysa kadının yüreği özünde kötüdür.

Friedrich Nietzsche

KADINLAR NE İSTER?

Ünlü Kral Arthur ülkesini savunurken giriştiği savaşta esir düşer. Karşı tarafın kralı, Arthur gibi büyük bir insanı affedebileceğini, ancak bir şartı olduğunu söyler.

Kral Arthur'a bir soru soracaktır. Eğer Kral Arthur bu soruya doğru cevap verebilirse hayatı kurtulacaktır. Aksi takdirde kral tarafından öldürülecektir.

Kral soruyu Arthur'a yöneltir:

Kadınlar ne ister?

Kral, soruyu cevaplaması için Kral Arthur'a bir yıl süre tanır.

Savaşlarda hep zaferden zafere koşan Kral Arthur'un pek fazla şansı yoktur. Düşünceli bir şekilde ülkesinin yolunu tutar. Türlü alimlere, bilirkişilere danışır. Ama soruya mantıklı bir cevap veren çıkmaz. Bu sorunun cevabını yalnızca yaşlı ve çirkin bir cadının bildiğini öğrenir.

Kral Arthur, cadının evinin yolunu tutar. Cadı, soruya cevap verebileceğini ama bir şartı olduğunu söyler. Kral Arthur'a en iyi arkadaşı olan yakışıklı şövalyesi ile evlenmek istediğini söyler. Kral Arthur, cadının isteğini geri çevirir ve makûs talihini kabul ederek kaderine razı olur.

Şövalye ise cadının bütün söylediklerini duyar ve kralına koşarak, "Hiçbir şey kralın hayatından daha önemli değildir," der. Cadının teklifini kabul ettiğini söyler.

Şövalyeyi elde eden cadı, "Kadınlar ne ister?" sorusunun cevabını Kral Arthur'a şöyle açıklar:

"Kadınlar her zaman kendi özgür iradeleri ile karar almak isterler..."

'Peki kadınlar gerçekten ne istiyorlar?'

Bu soruyu kendi içinde zorlu kılan şey ne acaba?

Sigmund Freud'un bile yanıt veremediği bu sorunun cevabını kadınlar biliyor mu peki?

Aslında kadın ne istediğini gayet iyi biliyor da bunu anlamak istemeyen erkekler mi?

Bir gün internette maillerime göz atarken bir bayan okuyucumdan aldığım mail ilgimi çekmişti.

'Etekli İktidar' adlı kitabım hakkındaki düşüncelerini yazdıktan sonra erkeklerin kendisini anlamadığından şikâyetçiydi.

Onun için erkekler bir kadının ne istediğini anlama konusunda son derece beceriksizlerdi. Okuyucumun bana yazdıklarını, virgülüne bile dokunmadan aynen yayınlıyorum:

"Size aslında Sinan Bey demeyi isterdim. Ama bu oyunun içinde size etek giydirmeyi tercih ederim. Böylesi size daha çok yakışır inanın. Öncelikle –bir kadın olarak- kadınlar hakkında yazdıklarınız asla sinirimi bozmuyor– daha kitabınızı okuyorum. Aksine, yol bilmez hıyar erkeklere yol gösterdiğiniz için mutlu bile oluyorum.

İyi bir okuyucu olduğumu göz önünde bulundurursak, kitabınızın gerekli yerlere iletilmediğini düşünüyorum. 'Etekli İktidar' kitabınız eline geçmesini istediğim kitleye henüz ulaşmadı. Sanki daha fazla bir promosyona ihtiyacınız var. Bunlar naçizane görüşlerim.

Şimdi gelelim size mail yazma sebebime: Etekli dediğiniz iktidara aslında sahip değiliz.

Hatta hâlâ kullanılıyoruz. En azından duygularımız...

Son zamanlarda yaşadığım bir sıkıntıyı dile getireceğim ve yorumunuzdan sonra eleştirilerinizde bu konuyu da ele almanızı önereceğim.

Karşılıklı kompliman yaptığım bir genç adamdan, hafta sonu tatili için davet aldım. Elbette hoşlandığım bir erkekti ve teklifine hemen evet dedim. Aynı odada kalma ambiansları, romantik kayak anekdotları şeklinde hayaller kuruyorum. Bütün bunların üstüne iki yıldır cinsel yaşamım boşlukta olduğundan, seçtiğim bu yakışıklı beyefendi ile sevişmeyi de hayal ediyorum. Buraya kadar anlattığım her şey normal –ben eli erkek eline değmemiş kızlardan biri de değilim. Ya da erkeklerimi 48, 55 diye numaralandıranlardan da değilim–.

Bu erkek ne hikmetse hafta sonu gittiğimiz otelde bana elini bile sürmedi. Eee, ben de bir kadınım. Birtakım şeyler başlatılsın istiyorum. Ama bir türlü olmuyor. Baktım onda bir tık yok. Bir-iki ben başlatayım dedim. Ona son derece sıcak davranıyorum ama nafile. Sabaha kadar böyle tırmaladım durdum. Günün ilk ışıltısı ile birlikte pılımı pırtımı topladığım gibi onu ve oteli sonsuza kadar terk ettim. İşin bu tarafı çok karizmatik değil mi?

Güzel ve alımlı bir kadınım. Maddi ve manevi kendi ayaklarım üzerinde durabiliyorum. İşimde çok başarılıyım. 1.78 boyunda afet biriyim. Yirmi beş yaşında ve zekiyim. Kendime olan güvenim benden önde gider. İnsanlara ne verirsem onu alırım. Hayatı farkında yaşarım. Ne konuştuğumu iyi bilirim. Merhametli ve cömertim. Üstelik çok iyi sevişirim!

Bu yaşadığım tatsız olaydan sonra şunları düşünmeye başladım:

Eskisi kadar çekici değilim. Belki de okuduğum kitap tarzını yenilemeliyim. Sanırım artık sohbetlerimde yetersiz kalıyorum. Saçlarımı kızıla mı boyatsam diyorum? Yoksa dişlerim temiz değil mi? Tanrım, yoksa son sevgilimden sonra hayatımda bu kadar boşluk bırakmasa mıydım?

Evet.

Galiba ben de EKK'ya -evde kalmış kızlarüye oldum.

Nereden başlamalıyım?

Sizin anlayacağınız bu liste böyle uzar gider.

Şimdi size sorularımı soruyorum:

Soru 1 - Bu aynada gördüğüm ilk sıraladığım kadın mıyım yoksa ikinci sıraladığım kadın mıyım?

Soru 2 - Bu adam bunca yıldır fark etmediğim hangi eksiğimden doğdu?

Soru 3 - Bir erkeğin güzel bir kadınla hafta sonunu geçirmesinden, neden kayda değer bir sonuç çıkmadı?

Soru 4 - Geçirdiğim bu psikolojik değişim yerli mi yersiz mi?

Soru 5 - O adam ne yapmaya çalıştı?

O profesyonel erkekliğinizle bu yaşadığım durumuma bir analiz yapabilir misiniz?

Lütfen bana karşı verdiğiniz cevaplarda acımasız olun. Eğer sorularımı cevaplarsanız size profesyonel kadınlığımla destek olacağıma söz veriyorum."

Okuyucumun sorduğu sorulara isterseniz sizler benden önce kafanızda bir cevap bulmayı deneyin.

Bakalım karşınıza nasıl bir cevap tablosu çıkacak!..

Çünkü soruların cevabı hem soruların hem de kitabın içinde gizli!..